POR EL BIEN DE ROMA

José Antonio López

POR EL BIEN DE ROMA

Primera edición: junio 2024

ISBN: 978-84-10253-72-8
ISBN digital: 978-84-10253-73-5
Depósito legal: M-14138-2024

Editorial Adarve
C/ Luis Vives, 9
28002 Madrid
editorial@editorial-adarve.com
www.editorial-adarve.com

Impreso en España

Para José Ramón, narrador infatigable y constructor de héroes,
caesar de este relato.

«El pueblo de los bucólicos dio comienzo a disturbios en Egipto y, bajo la dirección de un tal Isidoro, un sacerdote, hizo que el resto de egipcios se rebelaran. Al principio, vestidos con ropas de mujer, engañaron al centurión romano haciéndole creer que eran mujeres de los bucólicos y que le iban a entregar oro como rescate por sus maridos, matándolo cuando se aproximó a ellos. También dieron muerte a su compañero y, tras pronunciar un juramento sobre sus entrañas, se los comieron».

Dion Casio, *Historia Romana*, Epítome del Libro LXXII, 4, 1.
Traducción de Antonio Diego Duarte Sánchez.

ÍNDICE

PERSONAJES

CARNUNTO, PANONIA, AÑO 175 d. C.

Marco Cloelio, frumentario del emperador.
Sexto Autronio, centurión al mando de los frumentarios.
Marco Rufo, prefecto del pretorio.
Tito Numicio, frumentario.

ANTIOQUÍA, SIRIA, AÑO 175 d. C.

Publio Antoniano (Marco Cloelio), centurión incorporado a la legión III Gálica.
Avidio Casio, rector de Oriente, usurpador del trono imperial.
Higinio, liberto, secretario particular de Casio.
Eugenio, agente de Marco Aurelio en Antioquía.
Demetrio, mayordomo de Eugenio.
Aulio, ayudante del cuestor de Siria.
Alejandro, cuestor de Casio en Siria.
Aristarco, decurión del ala II Gálata.
Alejo, duplicario del ala II Gálata.
Mecio, sesquiplicario del ala II Gálata.
Dimas, portaestandarte del ala II Gálata.
Celio, jinete del ala II Gálata.
Durmio, jinete del ala II Gálata.
Fidias, capitán del buque mercante Acaia.

LA CORTE IMPERIAL Y EL EJÉRCITO ROMANO EN SIRMIO, PANONIA, AÑO 180 d. C.

Marco Aurelio, emperador de Roma.
Tiginio Perenne, prefecto del pretorio.
Claudio Pompeyano, Brutio Presente, Vitrasio Polión, Quintilio Valerio y Quintilio Condiano, amigos y consejeros del emperador.
Ciriaco, liberto al servicio de Marco Aurelio.
Marco Cloelio, frumentario del emperador.
Sexto Autronio, centurión al mando de los frumentarios.
Rubelio, decurión del ala I Hispana.
Salvio, duplicario del ala I Hispana.
Vedio, sesquiplicario del ala I Hispana.
Otón, portaestandarte del ala I Hispana.
Lartio, jinete del ala I Hispana.
Apio Calidio, prefecto de la cohorte I Nórica Ecuestre.
Quinto Poncio, prefecto de la cohorte III de Bátavos.
Lucio Seyo, centurión de la cohorte VI de la legión IV Flavia.
Sexto Titurio, centurión de la cohorte VII de la legión IV Flavia.
Tito Numicio, frumentario.

AD DRINA, PANONIA, AÑO 180 d. C.

Lucio Tigidio, duoviro.
Gilberto, cazador germano.

LA HERMANDAD, AÑO 180 d. C.

La Señora, sacerdotisa del culto al Gran Río.
Espurio Fuso, antiguo tribuno romano.
Obas, guerrero nubio.
Zaqueo, maestro de armas griego.
Ulric, guerrero marcomano.
Sergio Tucio, antiguo centurión romano, desertor de la cohorte VI Tracia.

Aniceto, médico griego.
Maga, sacerdotisa sármata.
Edwina, curandera germana.
Olinta, prostituta de Sirmio.
Medar, guerrero sármata.
Soru, marino sardo.

AUGUSTO: SIRMIO, PANONIA, INVIERNO DEL AÑO 180 d. C.

I

El centinela oyó a los jinetes mucho antes de verlos, delatados por el ruido amortiguado de los cascos y un relincho contenido. En el aire gélido, la bruma extendía un velo pesado que ocultaba a caballos y hombres, hasta que surgieron a poco más de una docena de pasos del infante.

—¡Alto! —ordenó el guardia, apuntando con su lanza hacia los jinetes—. ¡Deteneos!

Los jinetes frenaron sus monturas, y el que marchaba en cabeza echó atrás la capucha de su manto, descubriendo el rostro:

—Marco Cloelio, frumentario del augusto Marco Aurelio —contestó.

—¿Quién os acompaña? —continuó preguntando el centinela.

—El decurión Rubelio, al frente de una escolta del ala I Hispana —respondió el jinete.

Sin perder de vista a los jinetes, el centinela dio una voz que fue respondida desde el puesto de guardia, a una veintena de pasos de la abertura en la empalizada; enseguida apareció un optio con dos infantes de la cohorte V Dálmata, y, tras comprobar la credencial de Cloelio, les permitió pasar sobre el puente que salvaba el foso.

El grupo montado trotó hacia otro puente sobre un segundo foso, llegando a una puerta flanqueada por dos torres que permitía atravesar la recia muralla de piedra de la fortificación. De nuevo la guardia, esta vez formada por legionarios de la IV Flavia, verificó la identidad de Cloelio antes de franquearles el paso.

Dentro ya del recinto amurallado, el frumentario despidió a Rubelio y sus jinetes y se dirigió al palacio del pretor, un sólido edificio de piedra ampliado en su parte trasera con nuevas dependencias para acoger al augusto Marco Aurelio, que se encontraba allí en Sirmio, la capital de la provincia Panonia Inferior.

Llegado a las puertas de la sede imperial, Cloelio descabalgó y se identificó ante los guardias pretorianos de servicio, entregó el correo a un secretario y se retiró a descansar a su cubículo, en los barracones de la escolta del augusto.

Cloelio estaba agotado: se estiró después de colgar el manto húmedo de una alcayata sujeta a la pared, y se descalzó mientras un sirviente traía pan, queso y vino, que dejó sobre la mesa después de avivar el brasero. Aunque el frumentario compartía habitación con otros tres camaradas, en ese momento estaba solo, por lo que pensaba descansar sin molestias después de comer.

Apenas había mordido el pan cuando la puerta se abrió, dando paso al centurión Sexto Autronio, jefe de los frumentarios; alto, delgado y siempre atento, su poder estaba por encima de su grado militar, pues dirigía el servicio de correo imperial y espionaje, que era la razón de la existencia de los frumentarios. Aunque estos se incluían en las filas de la Guardia Pretoriana a efectos administrativos, realmente el centurión y sus hombres solamente rendían cuentas al emperador.

Cloelio se levantó para saludar:

—Centurión.

—Te estaba esperando, Cloelio —respondió Autronio—. Nos reclama el augusto.

El frumentario se sorprendió.

—¿Ahora? Permite que me adecente un poco…

—No hay tiempo —rechazó el centurión—; ponte las botas y vámonos.

«Nada bueno puede salir de esto», pensaba Cloelio mientras volvía a calzarse, recogía el manto y marchaba detrás de su jefe; seguía teniendo hambre y sueño, pero eso tendría que esperar.

II

Los guardias pretorianos se hicieron a un lado cuando Autronio y Cloelio llegaron a la gran sala donde Marco Aurelio despachaba los asuntos más importantes.

El frumentario revisó sus ropas rápidamente: la túnica estaba manchada, igual que el manto, y las botas embarradas no mejoraban su aspecto; sin embargo, no pudo hacer más que limitarse a seguir a su jefe, entrando en la sala.

Al otro lado de una gran mesa se hallaba sentado Marco Aurelio, rodeado de sus consejeros más importantes: Claudio Pompeyano, Brutio Presente, Vitrasio Polión, los primos Quintilio y el prefecto pretoriano Tigidio Perenne; algo más retrasado se encontraba el liberto Ciriaco, con un sirviente de confianza. Todos permanecían de pie, salvo el augusto, que se giró hacia los recién llegados.

—Augusto, perdonad el retraso —se disculpó Autronio—, el frumentario Marco Cloelio ha regresado de su misión y se presenta para recibir sus órdenes.

Marco Aurelio asintió levemente, mirando a sus frumentarios; luego hizo un gesto a Perenne, que comenzó a instruir a Cloelio:

—Tenéis una misión nueva: en algún lugar al sur de Sirmio, se han congregado unos bandidos, causando dificultades —relató el prefecto—. Debéis averiguar quién los lidera, cuántos son, si hay desertores romanos entre ellos y dónde tienen su campamento.

Cloelio dudó unos instantes antes de formular una objeción:

—Con todo respeto, prefecto, lo normal sería enviar una cohorte a perseguir unos bandidos…

—Esta es una tarea de exploración, frumentario —lo cortó Perenne—; y las órdenes son muy claras.

—Sí, prefecto; no es mi intención discutir las órdenes, solamente quería comprender el objetivo de esta misión —replicó Cloelio.

Perenne empezaba a alterarse, pero apenas había abierto la boca para reprender al frumentario cuando una voz débil lo interrumpió:

—Cloelio, acércate.

El frumentario dio dos pasos hacia el emperador y se cuadró:

—Augusto.

Marco Aurelio estaba enfermo, eso era evidente: el rostro demacrado, la frente perlada de sudor y los hombros caídos lo delataban. Pero los ojos del emperador tenían la misma mirada implacable e inquisitiva que Cloelio había captado cada vez que estaba en su presencia. Y, aunque el frumentario sabía que los críticos del augusto lo llamaban a sus espaldas viejecita filósofa, no le cabía ninguna duda de que Marco Aurelio ejercía el gobierno imperial con inteligencia firme y severa, sin dejar de lado la justicia, salvo cuando la púrpura imperial o el destino de Roma peligraban; en esos momentos, Cloelio lo sabía bien, no había piedad para cualquiera que el augusto considerase un peligro.

—Un soldado debe saber lo que se espera de él si ha de desempeñar una misión complicada —dijo el emperador—; por eso, debes entender que estos no son unos bandidos normales. Han atraído a desertores, salteadores, esclavos, y es posible que estén encubriendo o apoyando una conspiración mayor. Así que marcharás en su busca, averiguarás todo lo que sea posible y volverás a informar.

—Así se hará, augusto.

En ese momento, intervino Brutio:

—Pero el frumentario debe llegar vivo para investigar...; debería proporcionársele una escolta.

—Si enviamos una cohorte, llamaremos demasiado la atención —replicó Pompeyano.

—Eso es cierto —aceptó Brutio.

—Bastaría una turma de jinetes; lo suficiente para prestar protección al pretoriano Cloelio sin hacerse demasiado visibles —medió Quintilio Valerio.

Marco Aurelio asintió mirando a sus consejeros y tomó la última decisión:

—Así sea: una turma del ala I Hispana te servirá de apoyo y escolta, Cloelio; pero recuerda que el sigilo y la obtención de la información son las claves de esta misión: no partes a luchar, sino a observar para después informar.

—No lo olvidaré, augusto.

Marco Aurelio hizo una seña a Autronio y Cloelio, que saludaron y se retiraron; antes de cruzar las puertas, el frumentario oyó la voz del otro Quintilio, apodado Condiano:

—Al final, tendremos que enviar un par de cohortes, y quizás incluso un ala.

—Pero eso solamente será oportuno cuando reunamos más información —replicó Pompeyano mientras las puertas se cerraban.

Cuando se hubieron alejado lo suficiente de la sala, Cloelio se volvió a su superior:

—¿Una búsqueda de bandidos y desertores? —preguntó.

—Ya has oído al augusto, Cloelio —replicó el centurión.

—Sí, pero la lucha contra los bandidos es cosa de las cohortes auxiliares; y eso lo saben los consejeros del emperador.

Autronio asintió, pues conocía perfectamente los problemas que habían causado las bandas de salteadores en Iliria, Macedonia, Tracia y la frontera del río Danubio después de la primera guerra marcomana; y ahora, con la mayor y mejor parte de las legiones y soldados imperiales batallando de nuevo contra germanos y sármatas al norte del gran río, sería mucho más difícil luchar contra la devastación de los bandidos.

—Ya enviaron una cohorte auxiliar: la VI Tracia, del prefecto Sicinio —afirmó el centurión.

Cloelio se detuvo y miró fijamente a su superior:

—Nadie habló de esa cohorte en la reunión —replicó.

—¿Y eso te sorprende? ¿Acaso crees que los consejeros del augusto están para servirte, pretoriano?

La dureza del tono y la mención de su rango hicieron recular a Cloelio:

—No, centurión —asintió—; solamente busco la mayor información posible para llevar a cabo la misión encomendada.

Autronio asintió, pues comprendía los recelos del frumentario:

—Nadie habló de la VI Tracia porque no ha regresado de la misión de búsqueda de los bandidos —dijo el centurión.

Cloelio mantuvo la boca cerrada, evitando irritar nuevamente a su centurión. «No va a ser nada fácil —pensó—, con escolta o sin ella». Ambos soldados marchaban en silencio hacia la puerta del palacio cuando unos pasos apresurados sonaron sobre las losas, justo detrás, y, al volverse, se encontraron con el liberto Ciriaco.

—Centurión Autronio, pretoriano Cloelio: debo hablar con vosotros de la misión —les dijo—; por favor, seguidme.

Cloelio miró a su jefe, que asintió, y ambos soldados marcharon con el sirviente imperial.

III

El cubículo donde Ciriaco se sentó acompañado de los frumentarios era pequeño y estaba atestado de pergaminos, unos encuadernados y otros enrollados. Los tres hombres se sentaron en unos taburetes, y el liberto empezó a hablar:

—La misión es de suma importancia, por eso se envía al frumentario más capacitado —explicó el liberto. Tras esperar un instante, y, como Cloelio no reaccionó ante el halago, Ciriaco continuó—: La preocupación de nuestro augusto ante esta banda de bandidos no se justifica por su número ni su crueldad, aunque de ambas circunstancias se han recibido noticias, sino por aquel a quien invocan en su rebelión.

—¿Invocan algo una pandilla de salteadores? —intervino Autronio, intrigado.

—Hemos recibido informes señalando que los rebeldes apelan a Avidio Casio —respondió el liberto.

Autronio frunció el ceño:

—No fui informado de ese detalle —contestó el centurión—. Además, el traidor Casio está muerto.

Ciriaco asintió.

—Es cierto que el traidor fue eliminado, por eso nos preocupa que se reivindique su memoria: hay algo muy extraño en ello.

—¿Quién os informó? —intervino Cloelio.

—La primera noticia que tuvimos de la invocación del traidor Casio vino de un desertor que fue capturado por una patrulla a unas millas al suroeste de Sirmio; antes de ser ejecutado, el legionario amenazó a sus interrogadores, advirtiéndoles que los seguidores de Casio lo vengarían. Como el prisionero había servido en la legión II Trajana, el centurión encargado de su muerte pensó que era un desvarío producto del miedo, aunque comunicó al tribuno que lideraba su destacamento las palabras del desertor.

—¿La patrulla averiguó de donde procedía el desertor? —preguntó Autronio.

—Eso hubiera sido lo lógico —reconoció el liberto—; pero realmente no se le dio entonces la importancia que tenía. Y, sin embargo, poco después, los bandidos atacaron un asentamiento agrícola en la ruta que se dirige al sur, a Salona. Los pocos campesinos que pudieron escapar avisaron a la cohorte auxiliar VI Tracia, que vigilaba el perímetro exterior de Sirmio; de inmediato, el prefecto Sicinio partió en persecución de la banda, logrando capturar a un forajido herido, que también invocó a Casio antes de morir.

—¿Otro desertor? —preguntó Cloelio.

—Lo ignoramos; solamente sabemos que era griego —respondió Ciriaco.

—¿Hay algún prisionero vivo? —inquirió Autronio.

—No. En los últimos dos meses, se han producido media docena de ataques contra granjas y pequeñas poblaciones en la ruta de Salona. Por eso enviamos a la cohorte VI Tracia de Sicinio, con la misión de localizar el campamento de los saqueadores y destruirlos. Pero ni el prefecto ni sus hombres han regresado de la expedición.

—¿Hasta dónde llegaron? —intervino Cloelio.

—Se ignora.

—¿Se sabe al menos la dirección aproximada que tomaron? —insistió.

—Sí: marcharon hacia el sur por la ruta de Salona, aunque giraron al este en la población de Ad Drina.

—Entonces los forajidos operan cerca de la frontera de Mesia.

—Posiblemente en los territorios donde confluyen las fronteras de Panonia, Mesia y Dalmacia —contestó el liberto—; pero no conocemos el lugar exacto donde se refugian.

—Eso hará muy difícil la búsqueda.

—Por eso el augusto le ha encargado esta misión.

Cloelio no respondió, pensando en la zona donde debía buscar a los forajidos, un territorio devastado por las incursiones de los germanos y sármatas desde que comenzaron los ataques al sur del río Danubio, hacía ya unos quince años.

El campo, con montañas, bosques, ríos y zonas pantanosas, estaba salpicado de granjas, sobre todo alrededor de las rutas que conectaban al sur, en dirección a las ciudades de Salona en el mar Adriático, Aquilea al oeste y Vimiciano al este.

Al norte solamente había guerra, pues en el año anterior los últimos invasores germanos habían sido expulsados más allá del Danubio, después de haber sido derrotados por el prefecto del pretorio Publio Tarutieno Paterno, y, en este crudo invierno, un ejército numeroso bajo las órdenes del legado Valerio Maximiano acosaba a los germanos en sus propias tierras, mientras los sármatas se las veían con el gobernador de Dacia, el veterano Publio Helvio Pértinax.

—No va a ser fácil, desde luego —reconoció Ciriaco—, pero es esencial localizar a los bandidos.

—Pues necesitaremos a la diosa Fortuna pegada a nuestros talones —replicó Autronio con un gruñido.

—Es la voluntad del augusto —insistió el liberto.

—Ya lo sé —replicó de malos modos el centurión—. ¿Tienes alguna información más que podamos utilizar?

—Eso es todo, centurión.

—Pues tienes una maldita misión que cumplir, Cloelio —espetó Autronio, mirando fijamente al frumentario.

De vuelta en su cubículo, Cloelio se sentó en el catre a reflexionar; no le gustaba esta misión, pues las palabras de Ciriaco le habían despertado una extraña inquietud, alertándolo sin que supiera el motivo de su alarma. «Claro que Avidio Casio está muerto, lo maté yo», pensó Cloelio mientras su mente derivaba hasta Siria, hacía ya casi cinco años. Y, aunque sabía que era prudente descansar todo lo que fuera posible, no logró conciliar el sueño en toda la noche.

UN CENTURIÓN SE INCORPORA A SU NUEVO DESTINO: SELEUCIA PIERIA, SIRIA, VERANO DEL AÑO 175 d. C.

I

A la orden del capitán, el timonel maniobró los remos de espadilla para frenar la nave, y esta se deslizó suavemente llevada por su impulso; en la proa, un marinero atendía al cabo que debía amarrar el mercante, mientras en tierra los esclavos del muelle vigilaban para sujetar el buque.

La nave Nereida crujió cuando marinos y esclavos se lanzaron unos a otros los cabos de amarre, deteniéndose con un golpe final sobre la piedra, acodado al muelle por su costado de babor en el puerto de Seleucia Pieria, en la provincia de Siria.

—Hemos llegado, centurión Antoniano.

La voz del capitán del mercante sacó a Cloelio de sus pensamientos, centrados en la misión que lo llevaba hasta Siria.

—Gracias; desembarcaré enseguida.

—Y yo, centurión. Debo agradecer a Neptuno la favorable travesía, y de paso buscar una mujer —respondió el comerciante.

Cloelio sonrió, mientras el capitán ordenaba a un marinero que bajase a tierra el baúl del pretoriano. Lo siguiente fue contratar a un esclavo con un par de mulas para que lo llevase junto con su equipaje hasta Antioquía, donde debía contactar con Eugenio, uno de los agentes del emperador Marco Aurelio en Siria.

Apenas hacía un mes que Cloelio había sido llamado a la presencia del prefecto del pretorio Marco Rufo y del centurión Autronio en Carnunto, en la provincia de Panonia, donde se hallaba en ese momento el emperador Marco Aurelio negociando una tregua con los enemigos germanos y sármatas, mientras reorganizaba su ejército para enfrentarse a la nueva amenaza que había surgido en Siria, donde el hombre fuerte del augusto, el rector de Oriente Cayo Avidio Casio, se había sublevado reclamando el título de emperador de Roma, alegando que Marco Aurelio había muerto en la frontera del Danubio.

Cloelio sabía de la usurpación, y, como frumentario del augusto, presentía que la nueva guerra implicaría alguna misión, aunque le sorprendió la importancia de la tarea que le sería encomendada.

Rufo, pese a su edad avanzada, aún tenía una presencia imponente y autoritaria, sentado en un taburete mientras el alto Autronio permanecía de pie en las estancias personales del prefecto.

—Acércate, Cloelio —ordenó Rufo.

El frumentario saludó y permaneció de pie ante sus superiores.

—¿Hablas griego? —preguntó el prefecto.

—Sí, prefecto.

—Bien… ¿Has estado alguna vez en Siria? —continuó preguntando.

—No, prefecto.

—Piénsalo bien antes de responder —insistió Rufo—. ¿Alguien de la Administración Imperial o de las legiones podría reconocerte en Siria?

—No, estoy bastante seguro de que no, prefecto —respondió Cloelio.

Rufo asintió y miró a Autronio, que tomó la palabra:

—Pretoriano Cloelio, has sido seleccionado para una misión muy importante, de la que responderás con tu vida —le instruyó su superior—; partirás hacia Siria de inmediato, donde contactarás con el agente del emperador, el comerciante Eugenio, quien te ayudará en tu tarea: ejecutar al traidor Avidio Casio.

Cloelio asintió con la cabeza sin responder mientras el corazón se aceleraba dentro de su pecho al saber que debía asesinar al hombre más poderoso de Oriente, aunque Autronio no le dio margen para seguir pensando.

—Debes entender —le dijo el centurión— que esta misión es secreta, y, por lo tanto, viajarás bajo un nombre falso, como el centurión Publio Antoniano, ascendido por su valor en Britania y que debe incorporarse a la legión III Gálica. En ningún caso debes identificarte como pretoriano, pues nuestro augusto no desea mostrar al imperio su decisión de acabar con el traidor por la espalda.

—El Senado ha condenado a Casio y sus cómplices por su traición —intervino Rufo—, y sus escasos soldados orientales no serían rivales ante nuestros veteranos legionarios occidentales; pero nuestro augusto Marco Aurelio no desea una guerra civil. Por eso debes marchar con rapidez, encontrar a Eugenio y buscar la manera de matar al usurpador. La velocidad es esencial, pretoriano, para evitar el coste de una guerra civil que no podemos permitirnos en este momento, con tantos soldados perdidos por la epidemia y las batallas.

—Eugenio te proporcionará todo lo necesario, incluyendo el oro que necesites —intervino Autronio—; un secretario está preparando tus nuevas credenciales, con tu hoja de servicios y la recomendación del legado de la legión II Augusta. Todo parecerá correcto y tu identidad será salvaguardada. Si tienes alguna pregunta, pretoriano, habla ahora antes de partir.

—Ejecutaré la misión encomendada o moriré en el empeño, centurión —respondió Cloelio, como se esperaba de un pretoriano.

Rufo se permitió una sonrisa:

—No mueras antes que Casio, pretoriano; y recuerda: te enviamos porque nadie te conoce en Siria y tenemos buenas referencias de tus capacidades, pero tu principal arma será el sigilo. Habrás de acercarte con prudencia al traidor para no ser detectado, y, en el momento oportuno, matarlo sin dudar un instante.

Al día siguiente, Cloelio partió a matacaballo hacia Salona, donde embarcó en la birreme Furia, que lo llevó hasta la isla de Rodas, ya que sería una imprudencia atracar con un buque de guerra en un puerto controlado por el usurpador; en el gran puerto de la isla griega, Cloelio apenas tardó un día en encontrar una nave mercante que aceptó su oro y partir de inmediato hacia Siria, donde lo esperaba el agente Eugenio; su víctima, el traidor Casio, y, quizás, su propia muerte.

II

Al llegar ante la Puerta de Seleucia en las murallas occidentales de Antioquía, Cloelio estaba sudoroso, cubierto de polvo y cansado después de marchar durante veinte millas desde el puerto militar, bajo el calor del verano y al paso cansino de las mulas.

Cloelio divisó a un destacamento formado por infantes auxiliares, que se refugiaban del sol bajo el arco de la puerta encajada entre dos torres; el optio a cargo de la guardia lo miró cuando se acercaba, y le hizo un gesto para que se detuviera:

—¡Alto! ¿A qué venís a la ciudad de Antioquía?

—Centurión Publio Antoniano, en viaje de traslado desde la legión II Augusta a la III Gálica —respondió el frumentario.

Cuadrándose ante la mención al grado de militar de Cloelio, el optio respondió:

—¿Puede identificarse, centurión?

El frumentario mostró sus documentos con los sellos correspondientes, y el optio, que sabía leer latín como todos los de su grado, asintió:

—¿Os incorporáis a la cohorte I, que está de guardia en la ciudad? ¿O vais al campamento de Rafanea? —preguntó.

—Eso lo determinará el legado, optio.

—Cierto, no quería importunarlo, centurión —respondió el jefe de la guardia, cuadrándose antes de apartarse e indicarle con un gesto que podía continuar.

Cloelio entró en la ciudad seguido del arriero, sumergiéndose de inmediato en el bullicio sirio, pleno de dialectos distintos donde el griego predominaba incluso sobre el latín, mientras la intensa luz resaltaba la miríada de colores que vestían edificios y personas; era una ciudad grande, culta, rica y orgullosa, en la que el frumentario se sintió a la vez cómodo e impresionado.

Pero no había tiempo para la contemplación: tras una breve consulta con un comerciante, el arriero lo llevó hasta la casa de Eugenio, una mansión grande rodeada de un muro, cercana a uno de los puentes que cruzaba el río Orontes y permitía entrar en la ciudadela.

El esclavo descargó el baúl y llamó a la puerta; después de una corta espera, un sirviente bien vestido abrió y se asomó con precaución:

—¿Quién sois? —preguntó en griego a Cloelio, ignorando al arriero.

—Centurión Antoniano —respondió el frumentario también en griego—; entrega esta carta a tu amo Eugenio.

El sirviente dudó un momento, y luego asintió, tomando la carta y volviendo a cerrar la puerta; al poco, el esclavo regresó e invitó a Cloelio a entrar en la vivienda:

—Centurión Antoniano, mi señor Eugenio le recibirá enseguida; por favor, le ruego que entre para atenderle como es debido.

El frumentario asintió, mientras otro esclavo salía de la casa para recoger el baúl; ante Cloelio se abrió una puerta interior y el sirviente lo acompañó a través de un vestíbulo hasta un patio entoldado, donde crecían algunas plantas ornamentales y el agua de un estanque susurraba levemente movida por un caño de escaso caudal. A ambos lados del patio se alineaban puertas decoradas con pintura azul, mientras al fondo la galería porticada formaba un arco de medio punto que llevaba a un jardín de mayor tamaño, donde se alzaban algunos frutales. La casa tenía cierto aire romano pese a su aspecto oriental, y, desde luego, denotaba riqueza y gusto.

De una de las puertas laterales salió un hombre bajo, de hombros anchos y cráneo totalmente calvo, que traía en la mano la carta del prefecto del pretorio Rufo; vestía una túnica cara, con detalles bordados en hilo plateado, e hizo un gesto señalando un banco cubierto de cojines y protegido del sol por la lona.

—Centurión Antoniano, sin duda tendréis hambre y sed; voy a ordenar que nos traigan aquí una cena temprana.

Sin esperar la respuesta de Cloelio, Eugenio miró al sirviente que lo acompañaba, el cual salió de inmediato a cumplir lo ordenado en dirección al jardín.

Sentado frente a Cloelio, el agente imperial miró a su invitado, un joven de estatura media, complexión robusta y ojos marrones, de aspecto despierto. «Tiene que serlo —pensó, o de lo contrario, Rufo no lo habría enviado».

—Bueno, estoy a vuestro servicio, centurión, conforme a los deseos de mi amigo Marco Rufo —declaró el comerciante.

—La misión que me ha sido encomendada es la ejecución del traidor Avidio Casio —declaró Cloelio sin rodeos—; debéis proporcionarme información y oro, pues hubiera sido sospechoso que viajase con la cuantía necesaria para pagar a los informantes y ayudantes que pueda necesitar.

Eugenio asintió, demorando algo su respuesta:

—Tendréis mi total colaboración, pues estoy al servicio del augusto Marco Aurelio y el digno prefecto Rufo es, como dije, mi amigo y benefactor.

—Necesitaré conocer con anticipación los movimientos del traidor Casio, la composición de su escolta y los posibles aliados.

—Aliados no costará encontrarlos —respondió Eugenio—, e, incluso, puede que vuestra misión resultara finalmente innecesaria.

Cloelio miró con atención al sirio y respondió con tono seco:

—No me corresponde cuestionar las órdenes del augusto.

—No me habéis entendido —contestó Eugenio, meneando la cabeza—. Casio no tiene muchos amigos en Siria, fuera de algunos militares, y es poco probable que pueda resistir un ataque del augusto. Es más, aunque ahora mismo reúne más fuerzas militares que el legado propretor Marcio Vero, no estoy seguro de que pueda vencer al ejército de Capadocia.

—Casio dispone de siete legiones, al menos según las últimas informaciones disponibles —respondió Cloelio.

—Así es: II Trajana, III Cirenaica, III Gálica, IV Escítica, VI Acorazada, X Marina y XVI Flavia —recitó el comerciante—; a ello debéis añadir una treintena de cohortes y alas auxiliares, la mayoría guarneciendo las principales ciudades o destacadas en la frontera con Partia. En teoría, sin atender a los números reales y a la capacidad militar efectiva de los soldados, es un ejército impresionante, muy superior a la fuerza militar de Marcio Vero, que solamente dispone de las legiones XII Relámpago y XV Apolínea, reforzadas con una decena de unidades auxiliares y algunos guerreros armenios.

—Pero vos no lo veis así —anticipó el frumentario.

—No, desde luego —respondió tajante Eugenio—; la única legión verdaderamente leal a Casio es la III Gálica, al menos en lo que se refiere a los legionarios, aunque no estaría tan seguro de los centuriones, que se han tomado bastante mal que el rector de Oriente les mintiera asegurándoles que Marco Aurelio había fallecido en el Danubio. En cuanto al resto de las legiones, apoyarán a Casio solamente si este obtiene algún éxito rotundo, y, desde luego, los legionarios orientales, faltos de entrenamiento y cortos de efectivos, no son rivales para los veteranos del augusto.

Cloelio asintió, pues, desde que finalizó la última guerra contra los partos, las campañas militares en las fronteras del río Danubio habían reclamado incesantemente a los mejores soldados orientales, desangrando progresivamente las legiones del este con la partida de cada destacamento.

Y es que la guerra danubiana consumía al ejército romano, tanto por las bajas que causaban germanos y sármatas como por la epidemia que los victoriosos soldados romanos habían traído consigo al regresar de las campañas partas en el año 166; la enfermedad se había extendido por Italia y las provincias fronterizas, matando a decenas de miles de civiles y militares en las ciudades y campamentos.

Eugenio, que miraba a su joven compañero de conspiración con atención, decidió preguntarle por la guerra:

—¿Ha luchado en las campañas del río Danubio, centurión? Me gustaría que me contase su experiencia.

—He participado en algunos combates, sí —contestó Cloelio con precaución, pues, aunque intuía que Eugenio sospechaba su condición de frumentario, sus órdenes y la prudencia aconsejaban mantener su tapadera como centurión legionario tanto tiempo como fuera posible.

—Ha sido duro, según tengo entendido —continuó el comerciante.

—Mucho; los cuados, marcomanos y sármatas son adversarios feroces, y hemos sufrido muchas bajas. Aunque, al final, todos los enemigos se han postrado ante el emperador Marco Aurelio.

—Lo sé, y nuestro augusto ahora es conocido como germánico y sarmático, pero… ¿considera que la guerra ha terminado? —inquirió Eugenio.

Cloelio pensó unos instantes:

—No, aún hay muchos enemigos al norte del Danubio, y, aunque hemos cruzado sus aguas varias veces, como hizo en su día el gran augusto Trajano, quedan muchos guerreros germanos y sármatas capaces de atacar la frontera.

—Por eso le urge a nuestro emperador acabar con esta ridícula rebelión de Casio —dijo el comerciante.

—Posiblemente —asintió el frumentario—; pero cuales sean las razones del augusto no me conciernen, solamente debo ejecutar la misión que me ha sido encomendada.

«Tú eres algo más que un simple soldado que obedece una orden, o no estarías aquí», pensó Eugenio, aunque asintió con la cabeza ante las palabras de su invitado.

—Y yo colaboraré en todo lo necesario para que la misión se cumpla tal y como desea el augusto, centurión.

—Bien; entonces, necesitaré toda la información que podamos reunir sobre la residencia de Casio, sus movimientos, su rutina diaria y su escolta —dijo Cloelio.

—Puedes descansar aquí, en mi casa, mientras obtengo información: será más seguro —le dijo Eugenio.

—De acuerdo.

El comerciante se levantó y llamó a su mayordomo para que preparase un cubículo, sin dejar de darle vueltas a la peligrosa misión que le había impuesto su amigo Rufo: «Más vale que no falles, Antoniano —pensaba—, o los dos nos retorceremos en la cruz antes de morir».

III

En el espléndido Teatro de César, orgullo de Antioquía, Eugenio esperaba sentado en las gradas sobre un cómodo cojín, aunque aquel no era día de espectáculos. Tenía en la mano una copa de vino dulce y miraba hacia el este, a los montes, al otro lado de las murallas.

Un hombre surgió del vomitorio más cercano y se dirigió hacia él; bien vestido, con el pelo encanecido y escaso, saludó con la cabeza antes de sentarse a su lado.

—No tengo otro cojín, mi estimado Aulio —se disculpó el comerciante.

—Estoy bien así, gracias, digno Eugenio —contestó el recién llegado, mirando a su alrededor.

—Estamos muy seguros aquí —le dijo Eugenio, sonriendo—; dos amigos que departen sobre vino, mujeres y otros placeres.

—Es peligroso —replicó con cierto nerviosismo Aulio.

—Vivir es peligroso, amigo mío; y lo será más si los legionarios de Marco Aurelio tienen que llegar hasta nuestra bella ciudad para destruir a Casio. Lo cual conseguirían, no me cabe duda alguna, pero causándonos más daños de los que podemos asumir.

—Muy cierto, Eugenio.

—Pues bien, amigo, ¿sabemos qué va a hacer Casio en los próximos días?

Aulio era ayudante del cuestor Alejandro, encargado de las finanzas de Casio; Eugenio, que intuía las dudas del funcionario sobre las posibilidades del usurpador ante el legítimo Augusto, decidió presionar un poco más:

—Aulio, cuando Marco Aurelio llegue hasta nosotros, será muy importante poder demostrar lealtad al auténtico augusto; yo puedo hacerlo, y, con mi ayuda, tú también. Además, te pagaré por los gastos que tengas que afrontar.

—Si pago por la información, me delato —replicó Aulio.

—Pues entonces consíguela tú mismo —respondió Eugenio—; no te faltan habilidades, amigo, y me ocuparé de que tu fidelidad sea reconocida a su debido tiempo.

El ayudante se removió inquieto, antes de replicar:

—No tengo otras opciones, ¿verdad?

—Te estoy ofreciendo una salida muy digna —respondió el comerciante—; es tu oportunidad de situarte en el bando correcto, Aulio.

—Haré lo que me pides —decidió el funcionario, tras una breve pausa.

—Que sea rápido, por favor. El tiempo apremia.

Aulio asintió y se levantó, marchándose por donde había entrado; Eugenio lo contempló unos instantes, pensando en el riesgo que corría si el ayudante decidía contarle a Casio la tarea que le había encomendado. Y, aunque el comerciante esperaba que prevaleciese en Aulio el temor a las represalias de Marco Aurelio, siempre existía el riesgo de la delación, pues el usurpador era un militar veterano que tenía sus propios espías. «Espero que no sean mejores que yo, o, al menos, no tan afortunados», pensó

Eugenio mientras se acomodaba en el cojín disfrutando de la tranquilidad del teatro.

IV

Aulio llegó temprano a la ciudadela, la fortificación separada del casco urbano de Antioquía por el río Orontes, que, al dividirse en dos brazos, creaba un foso natural de gélidas aguas, convirtiendo al recinto amurallado en una isla.

Las murallas de la ciudadela protegían el palacio, sede del Gobierno de Siria y del rector de Oriente autoproclamado augusto, Cayo Avidio Casio; el amplio recinto amurallado también contenía las termas, el estadio y el circo, además de cuarteles, almacenes y algunas viviendas.

Aulio trabajaba en un edificio próximo al palacio, donde el cuestor Alejandro organizaba los caudales y suministros del ejército de Oriente; el ayudante pasó ante dos legionarios de la III Gálica que guardaban las puertas y saludó a los escribientes al cruzar el cubículo atestado de documentos que servía de antesala al despacho de Alejandro, donde el cuestor ya estaba sentado, con un listado en las manos y cara de pocos amigos.

—Alejandro.

—Pasa, Aulio.

Ambos hombres se conocían desde hacía tiempo, y, por tanto, prescindían de formalidades, al menos en privado.

—Hay que revisar los suministros que ha solicitado la legión XVI Flavia, pues no se corresponden con su número real de efectivos —le dijo Alejandro.

—¿Cuántos legionarios declara? —preguntó Aulio.

—Descontando los destacamentos enviados al río Danubio y la cohorte de guarnición en Arabia, los listados muestran casi dos mil legionarios en Samosata.

—Menos de la mitad —calculó Aulio.

—Y, aun así, piden las raciones íntegras —replicó el cuestor.

—¿La XVI Flavia está incorporando nuevos reclutas?

—Siempre están alistando nuevas levas, o intentándolo al menos, Aulio.

El ayudante asintió, pues era de todos conocido que las legiones siempre estaban cortas de efectivos, pugnando entre ellas para incorporar nuevos reclutas: a la dureza de la vida militar se unían la epidemia atroz que duraba ya una década y las bajas terribles que los soldados romanos sufrían en la frontera septentrional, lo que atemperaba a los tradicionales reclamos ofrecidos a los reclutas, el deseo de gloria y el atractivo de una paga segura. El evidente riesgo disuadía a los jóvenes orientales de unirse al ejército, salvo aquellos que no poseían la ciudadanía romana y esperaban obtenerla al finalizar su servicio.

—Supongo que Casio intentará obtener más soldados entre los aliados o alistando cohortes auxiliares —aventuró Aulio, intentando conseguir alguna información útil.

—El nuevo augusto —empezó a decir Alejandro con cierta ironía— está buscando aliados entre árabes, armenios y osroenos, pero para ello necesita oro, mucho oro. Me temo que pronto seremos esquilmados, Aulio.

El ayudante dudó qué hacer a continuación, o arriesgarse a sincerarse ante el cuestor, que no parecía muy contento con servir a Casio, o mantener la discreción y seguir obteniendo información sin revelarse; después de un instante, optó por la segunda opción:

—Para ello, Casio tendrá que ser diplomático con nuestros aliados y agasajarlos —comentó.

—Sí, eso es lo que debería hacer; aunque antes debe visitar a las legiones y sus legados, si quiere asegurarse su lealtad —contestó Alejandro—; y prometer un nuevo donativo a los legionarios.

—¿Así que marcha a revistar su ejército? —preguntó Aulio, con el pulso acelerado, pues intuía que era el momento de obtener la información solicitada por Eugenio.

—Dentro de dos días partirá a Laodicea, donde se reunirá con Aurelio, el legado de la III Gálica; después, es posible que continúe inspeccionando a las otras dos legiones sirianas, IIII Escítica y XVI Flavia, aunque yo creo que no querrá alejarse demasiado de Antioquía.

Aulio mantuvo el gesto inexpresivo, aunque, sin duda, las noticias del cuestor eran el tipo de información que necesitaba Eugenio, por lo que decidió averiguar algo más:

—Entonces, supongo que marchará a Laodicea con sus consejeros y secretarios, y puede que reclame nuestra presencia.

—No, Aulio; su secretario Higinio me ha informado que solamente él lo acompañará, junto con la escolta de la II Gálata.

Aulio asintió, pues todos los que trabajaban para Casio sabían que el autoproclamado augusto no había tenido tiempo de crear su propia guardia de caballería, por lo que se hacía acompañar por una turma del ala II Gálata liderada por el decurión Aristarco.

—Bueno, pues ya sabemos que no tendremos que partir a Laodicea —declaró Aulio, disimulando.

—Mejor así, Aulio, pues aquí tenemos mucho trabajo, y en el camino al sur hará un calor asfixiante.

«Ahora tengo algo que comunicar a Eugenio, y mejor hacerlo pronto para que esta pesadilla acabe de una vez», pensó Aulio, mientras asentía impaciente sin escuchar apenas el resto de las disquisiciones de Alejandro sobre la situación económica y las necesidades logísticas del ejército de Casio.

V

Cloelio había realizado algunos ejercicios por la mañana en el jardín de Eugenio, revisando mentalmente las posibilidades de cumplir su misión mientras entrenaba; salvo que el agente de Marco Aurelio encontrase alguna forma de acercarse a Casio, la tarea que le habían encomendado se le antojaba un inútil suicidio.

Su misma permanencia en la casa de Eugenio era un riesgo, pues, si la guardia de la Puerta de Seleucia había informado de su entrada en la ciudad al legado de la III Gálica o a uno de sus tribunos, era posible que se estuviesen preguntando dónde estaba el nuevo centurión y el motivo de su llegada en ese momento desde Britania, cuando estaba a punto de estallar una guerra civil.

«Todo ha sido muy apresurado», pensaba Cloelio, recordando la galopada hasta Salona, la veloz travesía en la birreme Furia y la singladura final sin escalas en la nave Nereida; Rufo y Autronio solamente le habían proporcionado el nombre de Eugenio y la orden perentoria de matar a Casio: cómo hacerlo era su problema.

Después del ejercicio, Cloelio había descansado en su cubículo, afilando sus dos espadas y el puñal, limpiando con esmero el acero templado en la Galia. Acababa de aceitar y guardar sus armas cuando el mayordomo de Eugenio apareció en la puerta.

—Centurión, mi amo le ruega que le acompañe en la comida.

—Ahora voy.

La mesa del comerciante, bien dispuesta y surtida, le esperaba cuando Cloelio se sentó, saludando con la cabeza a su anfitrión; un esclavo le ofreció la palangana y una toalla, para después servirle vino.

—¿Una mañana productiva, mi estimado centurión? —comenzó Eugenio.

—No, en realidad no, digno Eugenio —respondió Cloelio—; tengo poco que preparar si no obtenemos más información.

—En eso te puedo ayudar —dijo el comerciante, sonriendo—; pero antes debo informarte que el Senado ha declarado hostil a Casio, lo que deja a nuestro usurpador sin cualquier posible apoyo que pudiera haber buscado en Roma. Y es una noticia conocida ya por todo aquel de cierta importancia en Antioquía.

—Y eso facilita nuestra tarea…

—Debería, pues los pocos seguidores leales que tiene aquí estarán temiendo las consecuencias de respaldar a Casio: incluso los amigos de su padre, que eran muchos, estarán replanteándose su lealtad. Por eso creo que nos ayudarán más fácilmente, si nos hiciera falta.

—Nos hará falta, sin duda —replicó Cloelio—. ¿Qué información nueva tenéis?

Eugenio masticó un bocado de pan que había mojado en un cuenco de salsa espesa y picante, tragando con ayuda del vino suave de su copa antes de responder:

—Creo que os será útil saber que pasado mañana Casio partirá a Laodicea a revistar la fuerza de la legión III Gálica, por lo que saldrá de la ciudad temprano, antes de que el calor aumente.

Cloelio sopesó la información unos instantes, antes de preguntar:

—¿Sabemos quién compone su comitiva?

—Además de Casio, un liberto que actúa como su secretario personal y una turma de jinetes de la II Gálata.

«Treinta jinetes, treinta y cuatro con el decurión y sus ayudantes», pensó Cloelio; no iba a ser fácil.

Eugenio miraba atentamente al joven centurión, al que casi se le podían escuchar los pensamientos. Durante un rato, le dejó tranquilo, comiendo en silencio, hasta que al final se reclinó en el asiento y, tomando unas uvas, le preguntó:

—¿Ha pensado ya cómo hacerlo, centurión?

Cloelio, que ya no comía, respondió:

—Solamente hay dos formas de ejecutar nuestro cometido: o reclutamos un grupo numeroso y montado de guerreros lo bastante diestros para acabar con los jinetes de la II Gálata, o compramos la voluntad de la escolta y nos aseguramos de que no defiendan a Casio.

El mercader asintió con la cabeza, antes de replicar:

—Podría localizar algunos buenos jinetes entre las unidades auxiliares armenias que aceptarían nuestro oro, pero eso llevaría tiempo, y Casio parte pasado mañana.

—Entonces tendremos que intentar comprar a la turma —decidió Cloelio—; normalmente, la turma de un ala la dirige un decurión, ayudado por un duplicario, un sesquiplicario y un portaestandarte... ¿Conocéis al decurión al mando de los jinetes?

—Mi informante me ha dicho que es un tal Aristarco. No lo conozco personalmente, aunque sé quién puede hablar con él para concertar una cita en mi nombre —respondió el mercader.

—Pues es lo primero que debemos intentar, pues no hay tiempo para planificar la misión de forma distinta, como vos mismo habéis dicho.

Eugenio pensó durante un rato, mientras Cloelio lo observaba en silencio. Desde luego, sería muy peligroso implicar a alguien a quien no conocía, aunque no parecía existir otra opción. «Es un riesgo enorme, pero debe hacerse», decidió.

—De acuerdo, mañana mismo me reuniré con Aristarco, si este accede. De hecho, voy a enviar a mi mayordomo personalmente para concertar la cita. Vos debéis pensar cómo llevar a cabo la misión —declaró Eugenio.

—La opción más segura sería interceptar a Casio en el camino a Laodicea, cuando esté fuera de la vista de los centinelas.

—¿No será muy arriesgado? —replicó Eugenio.

—No si convences a Aristarco de que no intervenga —contestó el frumentario—; Casio estará solo, sin apoyo, y aunque vaya armado lo mataré. Aquí en Antioquía este asunto podía malograrse, pero en la Vía Asiana el usurpador no tiene escapatoria.

Eugenio sopesó durante unos instantes las palabras del frumentario, antes de preguntar:

—¿Saldrá cabalgando detrás de la escolta de Casio?

—No, pues alguien podría detectarme y sospechar —dijo Cloelio—. Me adelantaré y lo emboscaré en el camino.

—¿Y si toma otra ruta?

—Como le dije, si consigue convencer al decurión Aristarco para que nos ayude, Casio morirá.

El agente imperial observó fijamente al frumentario mientras la afirmación aún flotaba en la sala: el gesto del joven, su mirada, la postura de sus brazos flexionados, todo mostraba al implacable guerrero al que Marco Aurelio había enviado para librarse de su antiguo amigo y nuevo usurpador. «Este es un mundo despiadado, y tú eres otra espada afilada dispuesta a ensangrentarlo», pensó el mercader sirio, antes de girarse y llamar a su mayordomo:

—Demetrio.

—Dime, amo.

—Tienes que entregar un mensaje urgente, por lo que deberás partir de inmediato.

—Así se hará.

Cloelio observó como su anfitrión se levantaba y hablaba con el mayordomo mientras en su cabeza imaginaba la emboscada que debía permitirle matar al militar más poderoso de Oriente. Había mil detalles que podían salir mal, por ejemplo, que Aristarco se negase a unirse a la conspiración y los delatase, lo cual supondría su detención, interrogatorio y dolorosa ejecución; también podía suceder que se incorporasen a última hora mayores efectivos a la escolta, quizás algunos guardaespaldas escogidos, o tribunos y centuriones con el suficiente prestigio para obligar a intervenir a los jinetes en defensa de Casio.

«De nada sirve ofuscarse antes de pasado mañana», pensó Cloelio; tendría que confiar en la habilidad de Eugenio para sobornar al decurión, cabalgar temprano para emboscar a la comitiva de Casio y ejecutarlo, reaccionando como pudiera ante los imprevistos. «Si el tal Aristarco no cumple su parte, estoy muerto haga lo que haga, así que me centraré en aquello que puedo controlar», decidió el frumentario.

Eugenio volvió a sentarse a la mesa en ese momento, después de hablar con su mayordomo Demetrio, y Cloelio aprovechó para completar su equipo:

—En todo caso, noble Eugenio, necesitaré un buen caballo.

El mercader griego sonrió, asintiendo con la cabeza.

—Eso, mi estimado centurión, será el más fácil de todos nuestros preparativos —respondió, tomando la copa y bebiendo un largo sorbo—. Que Júpiter Óptimo Máximo y Fortuna nos amparen, porque necesitaremos su ayuda.

«E incluso la de Marte y Mitra», pensó Cloelio mientras tomaba su copa para responder al brindis de su anfitrión.

DESPOJOS: AD DRINA, PANONIA, INVIERNO DEL AÑO 180 d. C.

I

«Hace demasiado frío», pensó Cloelio. Demasiado frío para cabalgar, demasiado frío para buscar salteadores, demasiado frío para investigar conspiraciones, si eso era realmente lo que debía buscar.

La niebla cubría toda la ciudad y sus alrededores velando los primeros rayos de un sol frío que intentaba asomarse desde el este; hasta media mañana, no se disolvió lo suficiente para que Cloelio y su escolta pudieran partir hacia el suroeste, en la misma dirección que había tomado la cohorte VI Tracia algún tiempo antes.

Dos de los jinetes de la I Hispana marchaban en vanguardia, unos cien pasos por delante de Cloelio y el decurión Rubelio, que lideraba al grueso de diecinueve soldados de caballería, asistido por el duplicario Salvio, el sesquiplicario Vedio y el portaestandarte Otón; a la turma le faltaban nueve jinetes para completar su dotación reglamentaria de treinta, y, pese a todo, el frumentario sabía que podía considerarse afortunado, pues los veteranos de la I Hispana se contaban entre los soldados más capaces con base en Sirmio.

Rubelio, en cambio, no estaba contento: el curtido oficial había rezongado entre dientes al recibir las órdenes, y ahora cabalgaba con gesto adusto, el ceño fruncido resaltando la larga cicatriz que le cortaba la frente.

—No sé cómo vamos a encontrar a nadie con este tiempo —gruñó—; podíamos tener a un millar de sármatas enfrente y no seríamos capaces de verlos hasta chocar con ellos.

Cloelio no contestó, sabiendo que solamente conseguiría aumentar el malhumor del oficial; él tampoco tenía muy claro cómo encontrar a los saqueadores, por lo que había decidido investigar los alrededores de Ad Drina, la población donde se había perdido el rastro de la cohorte VI Tracia.

El campo alrededor del camino militar que seguían los jinetes estaba densamente poblado de bosques, coronado de colinas y montañas cubiertas de una densa capa de nieve; aunque había algunas aldeas y granjas entre Sirmio y Ad Drina, el territorio había sufrido las continuas depredaciones de incursores germanos y sármatas una década antes, durante la primera guerra marcomana, y las estaciones dispuestas a lo largo de los caminos para el servicio de los mensajeros se habían visto muy afectadas. Por eso, Cloelio y su escolta avanzaron apenas quince millas antes de que la oscuridad los obligará a detenerse y montar el campamento bajo un bosquecillo de pinos.

Rubelio seguía enfadado y, después de atender a los caballos, encender una hoguera y extender un toldo entre los troncos, se volvió bruscamente hacia el frumentario:

—¿Qué buscamos exactamente, Cloelio?

—Una banda de saqueadores, Rubelio —respondió aquel con calma.

El decurión asintió, moviendo la cabeza de arriba abajo y sonriendo con ironía.

—Una banda muy pequeña, supongo.

—No tenemos que atacarlos, Rubelio, sino descubrir su paradero e informar.

—Eso me dijo el prefecto al asignarme esta misión…, pero no deja de sorprenderme que envíen a una turma incompleta y a un héroe como tú a una tarea de limpieza.

Ahora le tocaba a Cloelio sonreír con ironía.

—No soy un héroe, decurión, sino un simple pretoriano —respondió aguantando la mirada del veterano oficial—; pero el augusto en persona me ha encargado una misión, y por Marte que la voy a cumplir.

—¿Un simple pretoriano? Seguro que sí, y yo soy el senador más rico de Galia... No me niego a desempeñar esta misión, pero por Mitra te juro que tengo un mal presentimiento, y no me equivoco nunca.

Cloelio no respondió y Rubelio se dio la vuelta, dirigiéndose a la hoguera donde uno de sus jinetes le alcanzó una escudilla con vino calentado al fuego. El pretoriano se quedó pensativo unos instantes, antes de sentarse contra un pino, envolverse en su manta y comer un poco de queso acompañado de torta: fueran cuales fueran los augurios del decurión, tenía una misión que cumplir y necesitaba descansar, por lo que en unos minutos estaba dormido.

II

Muy temprano, los jinetes recogieron el campamento y partieron en dirección sur, siguiendo el camino militar que transcurría junto al río Drina; pese al intenso frío, el destacamento marchaba mucho más rápidamente que el día anterior y, en un par de horas, llegaron a la estación abandonada de Pruno, continuando sin detenerse hasta el mediodía, cuando tomaron un poco de carne seca y torta. Apenas hubieron descansado las monturas, retomaron la marcha para cubrir las veinte millas que les separaban de Ad Drina, llegando a la población cuando la noche se les venía encima.

Desde la torre que se elevaba sobre las puertas de la ciudad, la guardia interrogó durante algunos minutos a Cloelio y Rubelio antes de franquearles el paso, una vez que se convencieron de la identidad de los jinetes; la población estaba rodeada de una fuerte empalizada, que ganaba aún más altura apoyándose sobre un parapeto de tierra apisonada.

Apenas hubieron pasado entre los recios troncos, dos hombres acudieron a saludarlos:

—Reconforta ver de nuevo a los soldados romanos en nuestra ciudad —proclamó el mayor de ambos, un anciano de pelo encanecido que se llevó la mano derecha al pecho—; soy Lucio Tigidio, duoviro y representante de la curia local, y os doy la bienvenida.

Cloelio observó que al hombre le faltaban dos dedos, además de un trozo de la nariz.

—Gracias —respondió—, soy Marco Cloelio, pretoriano del augusto Marco Aurelio: estamos buscando pistas de los saqueadores que han asolado el territorio y necesitaríamos forraje para los caballos, algo de comer, cobijo por esta noche y la información que podáis facilitarnos.

El duoviro asintió con la cabeza y se volvió hacia el joven que lo acompañaba, ordenándole que se atendiese a los soldados, antes de preguntar a Cloelio:

—¿Estáis vos al mando?

—El decurión Rubelio lidera a sus jinetes y a mí me corresponde informar al augusto.

—Muy bien, entonces os ruego que me acompañéis a mi casa para cenar, mientras acomodan a vuestros hombres.

Agradeciendo la hospitalidad, Cloelio y Rubelio dejaron sus caballos a los jinetes y siguieron al regidor local por la calle principal de la población, pasando un pequeño foro porticado y un templo, hasta que giraron para llegar a una casa amplia rodeada de un murete.

Un sirviente recogió sus mantos y les trajo después una palangana para lavarse; enseguida estuvieron sentados frente a una mesa, que compartían con el anciano, su mujer y un joven al que presentó como su hijo.

La cena, sencilla pero abundante, consistió en sopa, carne de caza y pan crujiente, acompañado de vino mezclado con agua. Los soldados agradecieron a su anfitriona la comida, y ella respondió con una sonrisa cálida que iluminó su cara agraciada.

Terminada la cena, Cloelio se dirigió al duoviro:

—Necesitamos toda la información que nos pueda facilitar de la banda de saqueadores que actúa en este territorio.

La mujer se excusó con una sonrisa y el joven se quedó junto a su padre, que respondió al frumentario:

—Llevan varios meses asolando las granjas, las pocas que sobrevivieron a los saqueos germanos y sármatas; la cohorte VI Tracia estuvo aquí hace unos dos meses, y partió al este, hacia donde sospechamos que tienen su campamento los forajidos. Como no regresaron, enviamos un correo a Sirmio para avisar al procónsul de lo que estaba sucediendo.

—¿De qué fuerzas disponen en la ciudad?

—No hay fuerzas, al menos nada que pueda utilizarse en una operación ofensiva —negó Tigidio—; la guarnición anterior consistía en una centuria muy escasa de efectivos de la propia cohorte VI Tracia, a cargo del centurión Tucio, pero partieron con el prefecto Sicinio y el resto de los infantes auxiliares. Ahora solamente tenemos una pequeña guardia urbana formada por los vecinos y que yo mismo entreno.

Observando las cicatrices del duoviro y la forma de expresarse, Cloelio preguntó:

— ¿Servisteis en las legiones, digno duoviro?

—Fui centurión primipilo de la legión VII Claudia, antes de obtener la retirada con honores y ser nombrado duoviro de esta ciudad —respondió con orgullo Tigidio.

—Un gran honor, sin duda —intervino Rubelio, pues el centurión a cargo de la primera centuria de la primera cohorte de cada legión ostentaba el mayor rango dentro del cuerpo de centuriones.

—Aquí conocí a mi mujer, que, como habéis observado, es sármata, y de ella nació mi hijo —continuó, señalando al joven.

—Gilberto podría ayudarles, padre —intervino el hijo de Tigidio.

Cloelio miró al duoviro, que asintió.

—Es cierto... Gilberto es el mejor cazador de este territorio y conoce como nadie las montañas y los valles entre esta ciudad y Singiduno, en el camino del este. Puede servirles de guía.

—Es un antiguo esclavo marcomano, liberado por su dueño —explicó Tigidio el menor—; un hombre acostumbrado a la montaña y al bosque.

—¿Y es de fiar? ¿No nos llevará a una trampa? —intervino Rubelio.

—Ha sido liberado y permanece aquí con nosotros, trabajando como cazador y leñador; si se hubiese querido unir a los saqueadores, lo habría hecho ya —respondió Tigidio.

—Si es así, creo que nos será muy útil —decidió Cloelio.

Tigidio asintió, aunque la duda asomaba a su mirada cuando preguntó al frumentario:

—Aunque quizás pueda molestarle, pretoriano, creo que tienen muy pocas fuerzas para enfrentarse a los saqueadores; aunque estaba a la mitad de su fuerza, como tantas unidades en este tiempo, la cohorte del prefecto Sicinio tenía más de doscientos infantes cuando partió a la búsqueda de la banda.

—Es cierto, duoviro —reconoció Cloelio—; pero solamente somos un destacamento de exploradores, y, una vez localicemos el campamento, pediremos refuerzos para acabar con los bandidos.

—Pero mientras envían un correo a Sirmio los saqueadores escaparán —objetó el duoviro.

—Procuraremos no perder el contacto.

El gesto de Tigidio demostraba a las claras que no le convencía el plan, pero se limitó a asentir antes de levantarse de la mesa.

—Descansen ahora, pues; haré que avisen a Gilberto para que les ayude en su búsqueda.

Agradeciendo de nuevo la hospitalidad, Cloelio se retiró a un cubículo que le indicó el sirviente del duoviro, mientras Rubelio recibía las novedades que le transmitió Salvio antes de acostarse en la misma habitación, donde se habían preparado dos catres; en un minuto, el veterano decurión estaba roncando rítmicamente.

Cloelio tardó un rato en dormirse, pues sentía que las objeciones planteadas por el veterano centurión retirado eran totalmente lógicas; «habrá que afrontar la misión según vaya avanzando», pensó finalmente cuando cerró los ojos y se abandonó al sueño.

III

Apenas la primera luz del sol empezaba a clarear el gélido cielo cuando la turma formó preparándose para la partida; a los jinetes se unió Gilberto, un germano de pelo castaño y ojos grises que asintió cuando Tigidio lo acompañó al destacamento y le pidió que los guiara en la búsqueda de los saqueadores.

—¿Los has visto? —preguntó Cloelio.

—Sí.

—¿Dónde?

—La primera vez en Molaris, a dos días de camino hacia el noreste; hace apenas quince días cerca de aquí, a un día de marcha, cruzando un arroyo que fluye hacia el Drina —respondió el germano.

—¿Cómo escapaste de ellos? —insistió el frumentario.

—No me vieron —contestó Gilberto sin alterarse.

Cloelio asintió y fue Rubelio quien aprovechó para seguir interrogando al marcomano:

¿Eran muchos?

—Más de cien.

—¿Bien armados?

—La segunda vez que los vi, llevaban armas romanas.

Cloelio miró a Rubelio, que asintió.

—Eso significa que podemos dar por perdida a la VI Tracia —concluyó el decurión.

Sin más demora, montaron a caballo, se despidieron de Tigidio y salieron de la ciudad en dirección este, encabezados por Gilberto y dos jinetes que actuaban como vanguardia. Durante toda la mañana, avanzaron con dificultad por el camino nevado dejando al sur las montañas, atravesando colinas arboladas salpicadas de granjas, la mayoría abandonadas.

A mediodía, aún no habían encontrado rastro alguno reciente de la banda, más allá de una pequeña aldea quemada; Gilberto deambuló por las ruinas, aunque antes les confirmó que esa población había sido atacada hacía unos tres meses.

—¿No te pidió el prefecto Sicinio que lo guiases? —preguntó Rubelio.

—Estaba cazando en las montañas —respondió lacónico el germano, mientras revisaba los despojos ennegrecidos.

El decurión esperó que el guía se alejara y se volvió entonces hacia Cloelio:

—¿Te fías de él?

—No, pero es nuestra mejor opción.

Después de tomar un bocado, siguieron la marcha, llegando al arroyo que les había indicado el germano; allí montaron un campamento bajo un pinar, en la cima de una pequeña colina.

—Gilberto, ¿dónde crees que tienen su base los saqueadores? —insistió Cloelio.

El germano pensó unos instantes, antes de responder:

—Al noreste, más allá de Molaris, quizás en uno de los dos fundos grandes que existen por esas tierras.

—¿Por qué piensas que están allí?

—Desde ese lugar pueden acceder con facilidad a varias rutas, al norte, al oeste y al noreste, para saquear las granjas y aldeas.

—¿Hay algún fuerte por esas tierras?

—No; más lejos, al noreste y en el camino a Vimiciano había un pequeño fuerte con soldados a pie y a caballo —respondió Gilberto.

—Puede ser el fuerte de Fano, donde estaba un destacamento de la cohorte III Dácica, formada por infantes y jinetes auxiliares —confirmó Rubelio.

—Pero está lejos de aquí —insistió Cloelio.

—Sí; al noreste y fuera de esta ruta —respondió el decurión.

—¿Cómo se llaman los fundos donde crees que se refugian? —preguntó Cloelio a Gilberto.

—El más grande se conoce por el nombre de su dueño, Porcio; el más pequeño, Alveo —respondió.

—Vamos a inspeccionarlos, Gilberto —decidió Cloelio.

El marcomano asintió, aunque replicando:

—De acuerdo, pero deberemos tener mucho cuidado, pues son muchos más que nosotros.

—¿Tienen caballos? —intervino Rubelio.

—De los que yo he visto, ninguno iba montado.

Después de interrogar al guía, Rubelio ordenó a los jinetes que cenaran, y Vedio se ocupó de organizar las guardias. El frío iba en aumento y, pese a las objeciones de Gilberto, Salvio destacó a tres jinetes para buscar leña y encender un par de hogueras.

—Así anunciamos nuestra presencia —rezongó Gilberto.

—No vamos a morir de frío, germano, por temer a unos saqueadores —respondió molesto Rubelio.

—Nos juntamos unos con otros y guardamos el calor bajo los mantos, pero es mejor no delatarnos —replicó el marcomano.

Cloelio pensaba que el guía tenía razón, pero tampoco quería aumentar la tensión con el decurión, que no había aceptado la misión de buen grado; como para confirmar sus recelos, Rubelio respondió con acritud:

—En lo más crudo del invierno no deben operar las tropas, y menos en una misión de búsqueda.

El frumentario eludió responder a la provocación, dirigida más a él que al marcomano, y se envolvió en su manto para comer deprisa algo de torta y carne curada, antes de echarse a dormir. La noche fue fría y larga.

Con la primera tenue luz, el campamento se levantó: los hombres gruñían y se estiraban, pateando el suelo para intentar entrar en calor mientras daban puñados de forraje a sus caballos. Uno de los equinos se había desplomado durante la noche, y Vedio se vio obligado a rematarlo; aunque llevaban tres caballos de repuesto con vituallas, Rubelio volvió a rezongar:

—Vamos a perder todas las monturas con este tiempo.

Al menos había dejado de nevar, y, después de engullir un escaso desayuno, la columna se puso de nuevo en movimiento, precedida por Gilberto, Vedio y el jinete Lartio. La marcha se prolongó durante toda la mañana a través de un sendero que cruzaba entre campos nevados y bosques, hasta que el explorador germano se detuvo sobre una colina e hizo señas a Cloelio y Rubelio para que se aproximaran.

Al llegar junto a Gilberto, este les señaló unos edificios abandonados que se erguían al noreste adyacentes al cauce de un arroyo caudaloso.

—Molaris —afirmó el germano.

Cloelio observó largamente el terreno: un inmenso bosque se alzaba al otro lado del río, que descendía desde una sierra lejana para desaparecer entre más árboles al sureste, antes de que la tierra se elevase nuevamente formando unas montañas veladas por las nubes grises.

—¿Estamos todavía en Panonia? —preguntó Rubelio.

Gilberto se encogió de hombros:

—El fundo de Porcio pertenece a Mesia, creo. Pero no sé si este molino pagaba el tributo en Mesia o Panonia.

—¿De quién era el molino? —intervino Cloelio.

—No lo sé: lleva tiempo abandonado, desde que las granjas fueron saqueadas cuando empezó la guerra —respondió el germano.

—¿Eso fue cuando fuiste capturado? —le espetó Rubelio.

Gilberto miró fijamente a Rubelio: en sus ojos grises no existía sombra alguna de miedo.

—Era muy joven cuando fui capturado con mi madre y mis hermanos después de morir mi padre en combate —respondió el germano—; pero no llegamos tan lejos, apenas logramos cruzar al sur del gran río.

—¿Esperas que me crea que no has saqueado nunca las provincias romanas? —insistió Rubelio.

—Basta, decurión —intervino cortante Cloelio.

Rubelio miró al frumentario durante un largo instante, después meneó la cabeza y contestó con sorna:

—Vos estáis al mando, pretoriano.

—Así es, decurión —replicó Cloelio—; y la misión continuará mientras podamos seguir adelante.

Rubelio asintió con la cabeza y golpeó suavemente con los talones los flancos de su caballo, dirigiéndose hacia la vanguardia, donde habló brevemente con Vedio y Lartio antes de trotar hacia Molaris.

El gran molino que daba nombre a la aldea aún seguía en pie, aunque su rueda estaba trabada e inactiva. Alrededor había un par de sencillas viviendas, muy deterioradas y con los techos derruidos, además de un establo, un silo y un cobertizo. Todo el espacio entre los edificios estaba cubierto de nieve, y en el río se veían pequeños témpanos de hielo.

Cloelio y Salvio llegaron junto a Rubelio, mientras Vedio, Lartio y Gilberto desmontaban para revisar los edificios; uno de los caballos relinchó y el frumentario desvió la mirada hacia el bosque, donde una sombra gris desapareció entre los árboles.

—Habrá que vigilar los caballos esta noche —dijo el duplicario Salvio, que también había visto al lobo.

El frumentario asintió con la cabeza, desmontó y se acercó al grupo que registraba los edificios; Gilberto señaló los restos de una hoguera en el suelo de una de las viviendas, y rebuscando en una esquina encontró un puñal roto.

—Han estado aquí —afirmó el germano—; y hace poco, un par de días.

—¿Qué pueden saquear aquí? Esto está abandonado —masculló Salvio, pateando las cenizas.

—Se refugiaron del frío, probablemente —respondió Gilberto.

—Es lo que tendríamos que hacer nosotros, darles descanso a los caballos y comer algo —proclamó Rubelio, mirando a Cloelio.

El frumentario ignoró el comentario del decurión y preguntó al germano:

—¿A qué distancia está el fundo más cercano?

—Sin forzar las monturas, nos llevaría un día completo de marcha llegar hasta el fundo de Porcio —dijo Gilberto, señalando hacia el noroeste—; pero hay que mantenerse muy atentos, pues podemos encontrarnos con el enemigo en el camino.

—¿Son germanos como tú? —preguntó Rubelio.

—Los vi de lejos —respondió Gilberto.

—Pero te fijaste en que sus armas eran romanas —insistió el decurión.

—Siempre observó primero si los extraños van armados —repuso el germano sin alterarse—; e iban muy abrigados, como nosotros. Aun así, algunos no parecían germanos, y otros sí.

Cloelio intervino para evitar otra discusión:

—En todo caso, marcharemos hacia el fundo de Porcio para explorarlo; vamos a descansar un par de horas y comeremos algo.

—Prefiero partir mañana, Cloelio, con los caballos descansados; así llegaremos con menos luz cerca del fundo, y podemos decidir si lo exploramos al caer la noche, o con las primeras luces del día. Si salimos esta tarde, nos quedaremos a mitad de camino, o un poco menos, y llegaríamos al fundo a mediodía —objetó Rubelio.

El frumentario pensó unos instantes; no le gustaba acampar cerca del fundo, si decidían explorarlo al amanecer, pero tampoco quería agravar los recelos del decurión.

—De acuerdo, partiremos mañana, extremando las precauciones —decidió.

—Mañana habrá niebla, lo que nos favorecerá para ocultarnos del enemigo, pero también iremos más lentos, y no llegaremos al fundo antes de anochecer —comentó Gilberto.

El rostro de Rubelio revelaba a las claras que no le había gustado el último comentario del germano, y Cloelio zanjó la discusión:

—Aun así, partiremos mañana.

Gilberto asintió y se llevó a su caballo a beber al arroyo, antes de introducirlo en el cobertizo para preservarle del frío. Los jinetes de la I Hispana se ocuparon también de sus monturas, dándoles de beber, antes de agruparlas en el establo y el cobertizo. También encendieron hogueras dentro de las dos viviendas derruidas, prepararon el almuerzo y tomaron unos tragos de vino, calentado al fuego.

El calor de las fogatas mejoró el humor de la tropa, y pronto se escucharon algunas risas; Gilberto salió del cobertizo sin decir nada, marchando al bosque donde patrulló durante un rato, antes de regresar junto a Cloelio, que se calentaba en el interior de una de las viviendas.

—¿Has visto algo en el bosque? —preguntó el frumentario.

—Solamente unos lobos, aunque no se acercarán a los caballos mientras huelan a tantos hombres cerca —respondió el germano.

—¿Cómo piensas que debemos acercarnos al fundo de Porcio? —continuó Cloelio.

—Utilizando la cobertura del bosque al sur de las edificaciones —respondió sin dudarlo Gilberto—. Pero es mejor que vaya yo solo o, si me acompaña algún jinete, que sean Vedio o Lartio. Son los únicos que saben moverse en silencio.

Cloelio asintió.

—Así lo haremos; después regresas y me informas, y ya veremos cómo conseguimos vigilar a los saqueadores y avisar de su posición a las tropas de Sirmio.

—Habrá que enviar algunos jinetes con los caballos más rápidos; y, aun así, tardarían al menos cuatro o cinco días —aclaró Gilberto.

En ese momento, se escucharon unas potentes risotadas en la otra vivienda, y Gilberto arrugó el ceño.

—Hacen demasiado ruido —afirmó el germano—; y la luz de las fogatas se verá desde lejos esta noche, a través de los agujeros de los techos.

Cloelio no respondió al germano, aunque sabía que tenía razón; esa noche durmieron más confortablemente gracias a las fogatas, acompañados por los aullidos de los lobos.

IV

Una espesa niebla ocultó el sol naciente, obligándolos a retrasar su partida, al menos hasta que se alzó el manto blancuzco permitiéndoles distinguir el sendero. Rubelio refunfuñaba entre dientes lo bastante alto para que Cloelio lo oyese, mientras revisaba acompañado de Salvio el equipo de los jinetes y el estado de los caballos, muy afectados por el frío y la exigua ración de grano que recibieron como desayuno.

Cloelio bajó al arroyo, donde Gilberto observaba las huellas de los lobos. El germano se volvió al frumentario y afirmó:

—No vamos a llegar a tiempo para acampar cerca del fundo. Hay que avanzar con mucha precaución para evitar que nos descubran, y vamos a salir bastante tarde.

—Avanzaremos cuanto sea posible y, antes de acampar, comprobaremos los alrededores del campamento —sugirió el frumentario.

Gilberto no parecía muy conforme, pero asintió con la cabeza y marchó a preparar su montura. La marcha fue lenta, sobre un camino embarrado, con los caballos piafando nerviosos cada vez que resbalaban en la nieve fangosa.

Al mediodía habían avanzado muy poco, pero Rubelio insistió en detenerse para dar descanso a las monturas y comer un poco de carne salada, pan duro y queso; Gilberto se adelantó acompañado de Vedio y, al regresar, comentó lacónico que no llegarían al fundo Porcio antes del anochecer.

—Eso me temía —respondió Cloelio—; pero debemos seguir avanzando, para acampar lo más cerca posible del fundo.

—Es muy posible que nos descubran —objetó Gilberto.

—Doblaremos las guardias; y esta noche no se encenderá ninguna fogata —decidió Cloelio.

—En ese caso, moriremos de frío con nuestros caballos —replicó Rubelio.

—Vamos a reanudar la marcha —dijo el frumentario, dando por terminada la discusión.

Precedidos por Gilberto, Vedio y Lartio, los jinetes romanos marcharon al paso, siguiendo un camino que solamente el germano vislumbraba; aunque la niebla se había disipado, el sol no logró superar la densa barrera de nubes que cubría el cielo, y un frío aguanieve se derramaba sobre la columna, empapando a caballos y jinetes.

Cloelio y su escolta atravesaban un terreno boscoso, punteado con frecuentes estanques helados; a su izquierda, vieron los restos de un par de granjas saqueadas, reconocibles por las vigas ennegrecidas que surgían de las ruinas apuntando al cielo como índices acusadores.

«Esta era una tierra próspera», pensó Cloelio; o al menos lo había sido hasta que los guerreros germanos y sármatas comenzaron a cruzar el río Danubio, casi veinte años atrás; el frumentario había sido reclutado a comienzos de la guerra, ganando experiencia con cada misión, y, aunque muchas veces se había proclamado la victoria del augusto Marco Aurelio y sus legiones, lo cierto es que el joven Cloelio había madurado sin conocer la paz, salvo breves períodos entre feroces campañas y terribles epidemias.

Los pensamientos del frumentario se apartaron de la destrucción a su alrededor para centrarse en la misión: aún no tenía claro cómo actuar si efectivamente la banda de saqueadores se hallaba en el fundo Porcio, o más lejos, en el predio Alveo. Desde luego, debía enviar de inmediato a un par de jinetes para comunicar el hallazgo y solicitar refuerzos, pero, si no mantenían el contacto, los bandidos podrían cambiar de ubicación antes de la llegada de las tropas; y, al vigilar a la banda, corrían el riesgo de ser descubiertos, obligándolos a retirarse en el mejor de los casos, si fuera cierto que el enemigo no disponía de caballos, o forzándolos a combatir en franca inferioridad numérica, si tuvieran la mala suerte de no poder replegarse.

Todavía dudando, Cloelio decidió que lo mejor sería enviar a Vedio y Lartio a Sirmio, mientras Gilberto vigilaba a la banda y el resto se mantenían a una prudente distancia. Pero primero tendría que encontrar al enemigo.

V

—Sería mejor acampar ya, cuando todavía hay luz.

La voz de Rubelio sacó a Cloelio de sus reflexiones, y, al levantar la cabeza, el frumentario advirtió que la oscuridad se hacía cada vez más intensa en dirección este.

—Creo que tienes razón. Acampemos —respondió.

El decurión empezó a dar órdenes a sus hombres, y, tras consultar con Vedio, salieron del camino en dirección a un bosquecillo cercano, donde aliviaron a los caballos del peso de las sillas y los ataron juntos, al tiempo que tendían algunos toldos entre las ramas para cubrirse siquiera en parte de la gélida noche.

—Puede que algunos caballos no sobrevivan a esta noche —le dijo Rubelio a Cloelio—; y dos de mis jinetes presentan ya problemas de congelación en manos y pies.

—No podemos encender fuego, Rubelio, tan cerca del enemigo —respondió el frumentario.

—El enemigo no va a necesitar combatir para acabar con nosotros, pretoriano —replicó el decurión.

—No encenderemos fuego, decurión —ordenó Cloelio.

Rubelio sonrió sarcásticamente y le dio la espalda a Cloelio, regresando con sus hombres; Gilberto había asistido a la discusión y, sin decir palabra, se alejó de los jinetes, atando su caballo a un árbol y echándole una manta por encima. El frumentario advirtió que no le había quitado la silla.

—¿Temes una emboscada? —le preguntó, acercándose al germano.

—Estamos demasiado cerca.

Cloelio asintió, sujetó su montura cerca del caballo del germano y se envolvió en su manto antes de sacar de su bolsa un trozo de carne seca y un poco de queso, tan endurecidos por el frío que se vio obligado a roerlos.

Durante un rato, el frumentario se obligó a permanecer despierto, envuelto en su manto y atento a los ruidos del campamento: algunos relinchos, conversaciones en voz baja y toses de los jinetes helados, que renegaban de cuando en cuando. A su espalda, Gilberto se mantenía en silencio apoyado en un árbol.

VI

—¡¡¡Nos atacan!!!

El grito sacó a Cloelio de un sueño inquieto mientras se levantaba echando el manto a un lado, y buscando la espada que había dejado apoyada junto a él.

—¡Hay que escapar de aquí! ¡A caballo!

El frumentario se volvió hacia Gilberto, que ya estaba montado y separándose de los árboles. Cloelio no respondió, girándose hacia el frente, donde algunas sombras batallaban en la oscuridad entre los relinchos de los caballos, los gritos de rabia y el golpeteo metálico de las armas, aunque apenas se distinguían bajo la luz de la luna creciente, brillante en el cielo nocturno.

Sin esperarlo, Gilberto taloneó en los flancos de su caballo y partió al galope, desapareciendo en la oscuridad; Cloelio dudó entre montar y seguir al germano o acudir en ayuda de Rubelio y sus jinetes, y esa vacilación lo perdió.

De pronto, dos sombras surgieron ante el frumentario como brotadas de la propia nieve; la figura de la derecha le acometió con una lanza, pero Cloelio acertó a desviar la afilada moharra con un revés de su espada. Enseguida, el segundo atacante avanzó, levantando un hacha sobre su cabeza, y el frumentario retrocedió, esquivó el golpe y respondió con una estocada a la pierna de su atacante, acuchillándolo a la altura de la rodilla.

Sin poder rematar a su oponente, Cloelio se apartó lo justo para evitar que la segunda lanzada le perforase el costado, sujetó el asta y tajó la mano adelantada del lancero. El asaltante gritó de dolor, soltó la lanza e intentó retroceder, aunque no pudo evitar que el frumentario saltara hacia adelante y le hiriese en el hombro.

Pero llegaron varios atacantes más: Cloelio levantó su espada para desviar un golpe dirigido a su cabeza, hurtó el cuerpo para esquivar otra lanzada y retrocedió intentando alcanzar su caballo, que relinchaba nervioso tirando de las riendas sujetas al árbol.

De pronto, un golpe demoledor le sacudió el cráneo con un estallido de punzante dolor, y el suelo nevado subió a su encuentro mientras todo se volvía negro.

AFILANDO LAS ARMAS: ANTIOQUÍA, SIRIA, VERANO DEL AÑO 175 d. C.

I

Eugenio aguardaba en la esquina sureste del foro, simulando atender al juicio que tenía lugar en una plataforma de madera cercana, donde un joven letrado se aturrullaba intentando introducir más citas de Cicerón de las que cabían en su alegato.

—Amo.

La advertencia de su mayordomo hizo que Eugenio se girase hacia el norte, donde se acercaba un hombre cuyo cinturón, botas de montar y porte resuelto proclamaban su profesión militar. El comerciante saludó llevándose la mano al pecho:

—Me alegra que haya decidido acudir, noble decurión Aristarco.

El aludido asintió con la cabeza y respondió secamente:

—Este sitio está demasiado concurrido.

—Esa es su mayor virtud, mi estimado decurión —replicó Eugenio sin perder la sonrisa—. No resultará extraño que conversemos, un digno militar y un honrado mercader, en el lugar donde se reúnen los hombres para comerciar, litigar y otros asuntos inocentes.

Aristarco miró alrededor y asintió, caminando junto a Eugenio, que había comenzado a pasear bajo la galería porticada.

—El asunto que nos trae aquí resulta crucial para el legítimo augusto Marco Aurelio —comenzó el comerciante—, y todo aquel que colabore con su buen fin será debidamente recompensado.

—Me interesan las recompensas en oro —replicó el decurión.

—Solamente tenéis que poner vuestro precio, decurión; aunque me arriesgo a suponer que un ascenso en la carrera militar no debe molestaros.

—Si la promoción a un mando superior implica partir a una frontera perdida donde morir a manos de alanos o partos, prefiero el oro —respondió Aristarco.

«Otro guerrero cansado que quiere abandonar la milicia bien recompensado: me servirá», pensó Eugenio.

—Pues se pagará el precio en oro que acordemos, decurión.

—¿Cuál es mi cometido exactamente? —preguntó Aristarco.

—Estáis a cargo de una turma del ala II Gálata, que sirve de escolta a Casio, ¿no es cierto?

—Sí.

—He sabido que mañana partirá el usurpador de la ciudadela para visitar las tropas en Laodicea; presumo que vos estaréis al frente de la escolta, que serán los únicos soldados que llevará consigo Casio.

—Así es —asintió el decurión.

—Vuestra misión será aseguraros de que vuestros jinetes no intervendrán a favor de Casio, cuando se actúe contra él.

—¿Quién atacará a Casio? —preguntó el militar.

Tras dudar levemente, Eugenio comprendió que debía facilitar esa información:

—Un centurión llamado Antonino.

—¿Un solo hombre?

—Sí; el plan es que lo intercepte y ejecute el centurión, atacando por sorpresa al usurpador.

Aristarco asintió, tomándose un minuto antes de responder:

—Si tengo que comprar la colaboración de toda mi turma, necesitaré mucho oro —declaró.

—¿Cuánto?

El decurión dijo una cifra, y Eugenio enarcó las cejas:

—Realmente es mucho oro.

—Este asunto vuestro es muy peligroso, y deberé desaparecer después de participar.

—Seréis un héroe ante el auténtico augusto —repuso Eugenio.

—Un héroe muerto, si Marco Aurelio tarda demasiado en llegar o los partidarios de Casio me capturan.

El comerciante asintió y, tras meditar unos instantes, se decidió:

—De acuerdo, pues, en tan elevado precio.

—Quiero el pago por anticipado.

—No, mi estimado decurión —negó Eugenio—; os daré una quinta parte ahora, cuando termine esta negociación, y el resto después del trabajo.

Aristarco sonrió, negando con la cabeza:

—¿Lleváis el oro encima, Eugenio?

—Por supuesto que no, es muy pesado —respondió, sonriendo también el comerciante—; mis sirvientes lo llevarán esta misma tarde a vuestros aposentos, una quinta parte, como acordamos. Y el resto, como os he dicho, al finalizar nuestro negocio.

—¿No levantará sospechas que venga un esclavo vuestro a verme?

—Soy un comerciante —replicó Eugenio—: os llevará una túnica de calidad, como excusa. Y el oro, por supuesto.

—Pues de acuerdo —aceptó Aristarco.

—Me alegro de teneros en nuestro bando; y un consejo, decurión: respondemos ante el propio augusto, que es generoso, pero severo. Guardad bien el secreto —advirtió el comerciante.

—De la discreción depende mi cabeza y, además, quiero disfrutar del oro —replicó el decurión—; seré muy prudente.

Aristarco se alejó mirando alrededor con desconfianza, mientras Eugenio seguía paseando, saludando desde lejos a un conocido que entraba en ese momento al foro. «Esto está en marcha —pensó—, y que Júpiter Óptimo Máximo nos ayude si nos equivocamos».

II

El decurión Aristarco miraba la mesa situada en el centro de su cubículo, donde una túnica blanca decorada con una cenefa azul descansaba al lado de un cofre abierto, del que escapaba un brillo dorado al reflejarse en las monedas recién acuñadas. Llevaba un rato perdido en sus pensamientos, observando el oro y la prenda que los esclavos de Eugenio le habían entregado como señal del acuerdo alcanzado con el mercader.

El veterano líder de caballería había dudado muy brevemente ante la propuesta del agente del emperador, más que nada para subir el precio de su misión; sus años en el ejército le habían enseñado a captar los estados de ánimo de la tropa, y Aristarco estaba plenamente convencido de que Avidio Casio era, en ese momento, un caballo perdedor, pues la mayor parte de los legionarios orientales no combatirían contra Marco Aurelio, una vez que las curtidas tropas occidentales llegasen a Siria. La proposición de Eugenio era una oportunidad de unirse al bando ganador, con el incentivo adicional de hacerse rico.

Un golpe sonó en la puerta del cubículo:

—Adelante —respondió el decurión.

A la pequeña estancia entraron sus subalternos de confianza, el duplicario Alejo, natural de Cesárea, como el propio Aristarco; el sesquiplicario Mecio, y el portaestandarte Dimas. Los tres soldados saludaron a su oficial y miraron con curiosidad el cofre abierto y las monedas que contenía.

—Tenemos una posibilidad de salir airosos de la guerra que se avecina —comenzó a hablar Aristarco sin rodeos—; incluso mucho mejor de lo que esperábamos, aunque tendremos que elegir ahora mismo con quién combatimos.

Alejo asintió, mirando a su jefe:

—Entonces..., ¿lucharemos a favor del emperador Marco Aurelio, decurión?

—Sí, Alejo; pero, además de hacernos acreedores a la gratitud del verdadero emperador, seremos bien recompensados. Eso sí, habrá que afrontar una situación realmente peligrosa y necesito estar seguro de que obedeceréis mis órdenes sin dudarlo.

El corpulento Dimas respondió de inmediato:

—Estoy a sus órdenes, decurión, como siempre.

—Y yo, por supuesto, decurión —afirmó Mecio.

Aristarco miró uno a uno a sus hombres, y luego sonrió:

—Es lo que esperaba de vosotros: ahora os daré una parte de este oro, pero luego habrá más. Hemos recibido instrucciones de los agentes del emperador Marco Aurelio para no intervenir en favor del usurpador Avidio Casio, mañana cuando lo escoltemos en el camino a Laodicea. Un centurión acudirá a matarlo y no debemos impedírselo. Sencillo, pero muy importante.

—¿Un solo hombre, decurión? —preguntó Alejo.

—Sí, un único centurión; pero imagino que será alguien muy entrenado y resuelto, capaz de cumplir la misión —respondió Aristarco.

—¿Y si fracasa? —preguntó Mecio.

—Si algo saliese mal, obedeceréis mis órdenes.

Alejo asintió con la cabeza, comprendiendo lo que su oficial quería decir: si Casio sobrevivía a su asesino, no perdonaría la inactividad de su escolta. El usurpador no podía salir vivo de la emboscada.

—¿Cuándo avisamos a nuestros hombres? —preguntó Alejo, siempre pendiente de los detalles.

—Todavía no —respondió Aristarco—; mañana cuando pasemos revista dejaré muy claro a todos que deben seguir mis órdenes estrictas, sin emprender ninguna acción por su cuenta. Y vosotros los vigilaréis de cerca. ¿Entendido?

—Sí, decurión —respondieron los subalternos.

Aristarco asintió, sonrió y empezó a dividir el oro en diez partes: después entregó tres a Alejo, dos a Mecio y una a Dimas, reservándose cuatro para él.

—Al terminar la misión, recibiremos cuatro veces esta cantidad del agente del emperador, y habrá un nuevo reparto, en el que incluiremos a nuestros jinetes. En cuanto Casio esté muerto, regresaremos a Antioquía, pero solamente nos entretendremos en la ciudad el tiempo indispensable para cobrar el oro y después marcharemos a la frontera norte, al encuentro de las tropas del emperador Marco Aurelio. Ya tenéis vuestras órdenes, ahora descansad hasta mañana.

Los tres subalternos asintieron y abandonaron la estancia, marchando a su propio cubículo compartido en el cuartel que albergaba a la turma de Aristarco, situado dentro de la ciudadela, a diferencia de las quince turmas restantes del ala II Gálata, acuarteladas en Rafanea junto con parte de la legión III Gálica.

Aristarco se quedó a solas un rato, pensando en lo que ocurriría mañana: aunque sería el centurión Antoniano quien atacase a Casio, sabía por experiencia que siempre podía surgir algún problema. «Mitra, te imploro que el centurión tenga la mano firme y una espada afilada», rezó en silencio.

III

Un esclavo de Eugenio había servido una cena temprana a su amo y a Cloelio: había estofado, frutas y pescado, junto con el pan aromático que siempre acompañaba las comidas en la casa del agente de Marco Aurelio.

El frumentario comía con ganas, aunque se moderó con el vino, pues al día siguiente debía levantarse temprano y mantener toda la atención posible en su misión. Eugenio le observaba mientras mojaba un trozo de pan en el estofado:

—¿No necesitáis más que un caballo? —preguntó el mercader.

Cloelio asintió mientras masticaba:

—Nada más, noble Eugenio. Si Aristarco y sus hombres cumplen lo acordado, no me impedirán atacar al usurpador y matarlo.

—¿Qué haremos con sus restos? —continuó Eugenio.

—Solamente tengo que llevar su cabeza a Carnunto —respondió el frumentario.

Eugenio meditó durante un par de minutos, sopesando cómo debía prepararse para el momento posterior a la ejecución de Casio, si el centurión Antoniano y el decurión Aristarco cumplían con éxito su misión; podía avisar a Aulio y a otras personas influyentes de Antioquía, para que estuviesen preparados; pero, si alguno se asustaba y prevenía al usurpador, el plan fracasaría, y tanto el joven centurión como él mismo serían torturados y ejecutados. «Será mejor esperar a que Casio esté muerto, y entonces improvisar», pensó el comerciante.

Cloelio interrumpió los pensamientos de Eugenio:

—En realidad, sí tengo otra petición que haceros.

—¿Cuál es? —preguntó el mercader.

—Necesitaré un barco a la mayor brevedad posible; incluso mañana mismo, si se puede conseguir —respondió el frumentario—. Si zarpo inmediatamente hacia Salona, será más difícil que me intercepten los partidarios del usurpador una vez cumplida la misión, pues cuando se extienda la noticia reaccionarán intentando controlar las rutas terrestres y los puertos.

—Tenéis mucha razón; enviaré ahora mismo a Demetrio a Seleucia Pieria con un buen caballo para buscar algún capitán que se preste a llevaros rápidamente y sin preguntas a Salona —decidió el comerciante, levantándose de la mesa.

Cloelio había terminado de comer, y durante unos minutos volvió a repasar mentalmente su plan: adelantarse a la escolta, cabalgar al encuentro del usurpador y atacarlo con la espada, pues, si llevaba una lanza en la mano, podía resultar sospechoso si alguien lo estuviera observando, lo cual era muy posible, teniendo en cuenta lo densamente poblada que estaba Antioquía y el territorio que la rodeaba. Una vez muerto el usurpador, le cortaría la cabeza y volvería a Antioquía rápidamente, a la espera de su barco.

Eugenio regresó en ese momento, meneó la cabeza sonriendo y tomó de nuevo su copa, que un esclavo situado a su espalda se apresuró a llenar del vino suave que tanto le agradaba:

—En unas horas debéis partir, por lo que no quiero entreteneros, pero os ruego que brindéis conmigo por el auténtico augusto Marco Aurelio, y por el éxito de nuestra misión: roguémosle a Júpiter Óptimo Máximo y a Fortuna que nos ayuden —proclamó, alzando la copa.

El esclavo se apresuró a llenar la copa de Cloelio:

—Que así sea, noble Eugenio, por el augusto Marco Aurelio, por Júpiter Óptimo Máximo, por Fortuna, por Mitra y por Marte —respondió el frumentario mientras levantaba la copa para brindar por el auténtico augusto.

—Que todos ellos den fuerza y pericia a vuestro brazo, mi estimado centurión —agregó Eugenio, mientras el frumentario asentía.

Los dos hombres apuraron la copa, y en el silencio que siguió al brindis ambos siguieron pensando en el día de mañana.

IV

Demetrio llegó a las puertas de los muelles de Seleucia Pieria agotado por la cabalgada, cuyas últimas millas habían sido especialmente peligrosas al sorprenderle la noche. El guardia nocturno salió de su refugio con pocas ganas y el gesto contrariado:

—El puerto está cerrado —proclamó.

—Lo sé, digno vigilante; solamente necesito encontrar al capitán de algún mercante, pues necesitaré sus servicios mañana.

—Pues regresa mañana —respondió el guardia.

—Me sería útil adelantarme a otros posibles comerciantes, interesados en contratar a los mercantes —respondió Demetrio, mientras extraía un par de sestercios de plata de un bolsillo cosido a su túnica.

El vigilante cogió las monedas y señaló unas luces situadas a unos doscientos pasos, fuera del murete del puerto:

—Pregunta en la posada Las uvas de Dioniso; allí se reúnen los capitanes y armadores.

—Os lo agradezco.

Demetrio se encaminó hacia allí, dejó su caballo en manos de un mozo de cuadra y entró en la posada, un edificio corriente cuya planta baja contenía una espaciosa taberna impregnada de los efluvios de asado y vino, mientras que el piso superior estaba dividido en pequeños cubículos para aposentar a los marinos.

El mayordomo encargó una jarra de vino y un plato de asado recalentado en las brasas, al tiempo que preguntaba si había algún armador o capitán de mercante en la sala; el posadero le señaló una mesa donde tres hombres bebían y bromeaban, y hasta allí se encaminó Demetrio, tras dar un corto trago a su jarra.

—Dignos señores, me han indicado que debo dirigirme a ustedes para contratar un barco —comenzó Demetrio.

Los tres hombres lo miraron con desconfianza, sorprendidos por la intromisión del mayordomo.

—¿Y quién eres tú? —le espetó el más bajo, con inconfundible acento chipriota.

—Mis disculpas; soy Demetrio, mayordomo del reputado mercader Eugenio de Antioquía, y mi amo necesita un barco a la mayor brevedad posible, listo para zarpar.

—¿Y dónde quiere ir tu amo con tanta prisa? —volvió a preguntar el chipriota.

—A Salona, digno marino —respondió Demetrio.

—No te conoce, si te llama digno —intervino, riéndose, otro de los capitanes, corpulento y con una gran cicatriz en el rostro.

—Yo soy el más digno capitán de estos mares —respondió, también riéndose, el chipriota, antes de continuar hablando con Demetrio—. Lo siento, pero tengo una carga comprometida. Quizás Fidias pueda ayudarte —continuó, señalando al hombre más alto, el único que había permanecido en silencio hasta el momento.

—Digno Fidias, mi señor Eugenio…

—He oído hablar de Eugenio de Antioquía —lo interrumpió el capitán—. Hablemos con más tranquilidad —continuó levantándose y dirigiéndose hacia otra mesa desocupada.

—Vaya, ¡ya no somos dignos! —exclamó con fingida tristeza el capitán chipriota mientras su otro compañero reía abiertamente.

Demetrio y Fidias se sentaron en la mesa, y de inmediato el capitán preguntó:

—¿Cuál es la carga?

—Solamente un pasajero, digno capitán. Pero lo esencial es partir inmediatamente, mañana por la tarde o, a más tardar, pasado mañana.

—Demasiada premura —replicó Fidias, meneando la cabeza—. ¿Quién es el viajero?

—Mi señor Eugenio quiere que este asunto se trate con la máxima cautela, por lo que conocerá al pasajero cuando se presente en su barco, si llegamos a un acuerdo, pero no antes.

Fidias asintió, mientras pensaba que este encargo no estaría exento de riesgos si Eugenio se tomaba tantas molestias en ocultar al viajero.

—Bien, esta es una carga especial y, sin duda, peligrosa, dadas las precauciones adoptadas; mi precio será elevado y, por supuesto, cobraré en oro —respondió el capitán.

—¿Cuál es ese precio? —preguntó Demetrio.

Fidias respondió con una cuantía al menos tres veces superior a la normal para un viaje a la costa dálmata, pero Demetrio había sido instruido por Eugenio para no rechazar ninguna embarcación, por desmesurado que fuera su precio, y además el capitán parecía ser su única opción.

—Que así sea —respondió el mayordomo—. Mañana estaré aquí con el oro y el pasajero, pero usted deberá tener preparada su nave para zarpar. Por cierto, ¿cómo se llama su barco?

—El nombre de mi barco es Acaia —respondió Fidias—. Una gran nave, de la que me siento orgulloso; pero debéis advertir a vuestro señor que un buque necesita para zarpar ciertas condiciones que dependen de los vientos y del mar, y no solamente del oro.

La respuesta de Fidias inquietó un tanto a Demetrio, que aun así se esforzó en conservar la calma.

—Así es, y de ello mi señor es consciente, noble Fidias, pues se dedica al comercio por todos los mares conocidos —respondió el mayordomo—; pero, insisto, la urgencia de la partida es esencial, y por tal motivo he aceptado en nombre de mi señor vuestro precio, muy elevado para un encargo como este, y que por supuesto pagaremos en oro.

Fidias permaneció en silencio unos instantes, observando a Demetrio, cuya vestimenta y modales eran una evidente muestra del prestigio de su amo Eugenio. «Debo arriesgarme o perderé el oro», decidió.

—De acuerdo, empezaré a preparar mi barco mañana temprano para zarpar en cuanto sea posible; y debemos cerrar nuestro acuerdo con una señal —añadió el marino.

Demetrio asintió, sacó una pesada bolsa oculta y apartó varias monedas de oro, que entregó al capitán después de anotar el pago en una tablilla.

—No os entretengo más, digno Fidias; regresaré enseguida a Antioquía, pero por la mañana llegará un mensajero para que confirméis la hora en la que zarparéis. La rapidez es esencial —insistió Demetrio.

—Conforme; ahora me retiraré a descansar, para tenerlo todo listo mañana —respondió Fidias, levantándose de la mesa.

Al partir el marino, Demetrio regresó a su mesa, se comió con apetito la carne fría y llamó al posadero:

—Necesitaría mi caballo para regresar a Antioquía.

El hospedero meneó la cabeza:

—¿Cabalgar de noche? No lo aconsejo, y, además, su caballo no ha descansado lo suficiente; mejor le ofrezco un catre a muy buen precio, y doy orden de que le despierten al amanecer, con su montura ya preparada. Será mucho más seguro y no perderá tanto tiempo como cree.

Demetrio estaba bastante cansado y, realmente, temía cabalgar de noche; además, probablemente tendría que regresar mañana otra vez al puerto, si todo marchaba como estaba previsto.

—De acuerdo, le alquilaré un cubículo para descansar unas horas, pero necesito partir con las primeras luces.

—Cuente con ello; le traigo otra jarra.

El mayordomo suspiró y aceptó la segunda jarra, pensando en que le ayudaría a dormir y afrontar sus tareas al día siguiente.

V

Antes del amanecer, Cloelio se levantó y se vistió con su túnica, los pantalones de montar, un manto ligero, las botas y su cinturón militar; el frumentario desechó su cota de escamas, pues la misión requería rapidez y facilidad de movimientos, y la armadura se le antojaba un peso inútil que no le ayudaría a mantenerse con vida si la escolta armada de Casio no cumplía lo acordado y defendía al usurpador.

Cloelio desayunó rápidamente algo de pan y encurtido, acompañando la comida solamente con agua; después recogió sus armas, una espada para luchar a pie, otra más larga para combatir a caballo y su puñal. Con una silenciosa invocación a Mitra y Marte, el frumentario partió a cumplir su misión.

AQUELLOS CUYA CARNE DEVORAMOS: EN ALGÚN LUGAR ENTRE PANONIA Y MESIA, INVIERNO DEL AÑO 180 d. C.

I

Cloelio abrió los ojos a duras penas luchando contra el dolor que le aplastaba las sienes, pero un líquido caliente y fétido le cayó sobre la cara, obligándolo a cerrarlos otra vez mientras resonaba una risotada.

«Me están meando encima», pensó Cloelio, girando el cuello para evitar que el chorro le entrase en la boca. Una voz grave dijo algo en un idioma extranjero, y enseguida se escucharon unas risotadas.

«Egipcio», pensó Cloelio; el entrenamiento prevaleció sobre las tenazas que le oprimían el cráneo, y el frumentario había logrado identificar las últimas palabras: «sucio asno romano».

Una voz clara de mujer ordenó que lo levantasen, también usando el dialecto egipcio, y unas manos fuertes lo tomaron de las axilas y lo alzaron del suelo con brusquedad. Cloelio abrió los ojos, parpadeando ante la irritación que le causaba la orina, y miró al frente, donde una mujer lo observaba fijamente en el centro de un grupo numeroso y hostil.

La mujer era de baja estatura y rasgos regulares, aunque no bellos; tenía el cabello negro, corto y peinado hacia atrás. Vestía una túnica de gruesa lana, sin teñir y sin adornos. Todo en la mujer era corriente, menos sus ojos, negros, implacables, cortantes; su boca se torció en una sonrisa sin calor, y, cuando habló, lo hizo en latín:

—¿Has visto suficiente, romano?

—No podrá ver con los ojos arrancados —intervino un hombre grande, con aspecto germano, hablando también en latín.

—Paciencia —respondió la mujer, alzando un brazo.

—Es peligroso mantenerlo vivo —repuso otro hombre, situado justo a la derecha de la mujer, que se giró a mirarlo—. Puede fugarse, y volver con más fuerzas.

—Cierto —concedió ella—; pero quiero hablar con él, Fuso. Después decidiremos el destino de Marco Cloelio.

El frumentario sintió que se le erizaban los vellos del cuerpo al oír su nombre; «Espías, tienen espías en Sirmio», pensó. Además, el tal Fuso era evidentemente romano y, por su modo de hablar y su apostura, no parecía una persona vulgar.

—Es peligroso —insistió el romano—; no debemos subestimarlo, Señora.

La mujer volvió a observar a Cloelio con atención, antes de preguntar:

—¿Qué hizo para ser tan temible?

—Este perro fue el que mató a Casio —respondió Fuso con la voz entrecortada por la furia, mientras Cloelio le devolvía la mirada, pensando cómo demonios podía conocer ese romano los pormenores de una misión secreta que había tenido lugar casi cinco años antes.

La mujer volvió a fijar su dura mirada en Cloelio, mientras sus labios se curvaban en otra sonrisa impostada.

—Ese detalle hace a nuestro cautivo más interesante, Fuso, y lo único que tenemos que hacer es vigilarlo mejor —respondió, mientras hacia una señal a los hombres que agarraban a Cloelio—; al agujero, y que no salga hasta que yo lo diga.

Los esbirros llevaron al frumentario en volandas hasta el extremo opuesto del amplio edificio donde se encontraban, abrieron un portón en el piso de madera y lo arrojaron dentro de una patada, cerrando de inmediato. El suelo estaba helado, y el dolor de cabeza iba en aumento, pero Cloelio se esforzó en retener todo lo que había visto antes de que el cansancio le venciera. «Recuerda —pensó—, rememóralo todo como si pudieras escribir ahora tu informe».

Aunque no había dispuesto de mucho tiempo para observar la estancia, sabía que estaba en un gran edificio de piedra, con el techo cubierto por vigas de madera y tejas; sin duda, una construcción romana del fundo Porcio o quizás de otro de los asentamientos abandonados durante las incursiones de germanos y sármatas que llevaron a declarar la primera guerra marcomana.

Ahora se encontraba en una especie de almacén, quizás una leñera por los restos de madera que alfombraban el suelo de tierra apisonada; su improvisado calabozo era frío y húmedo, y el frumentario se encogió como pudo en una de sus esquinas, pensando todavía en la mujer que, indudablemente, se encontraba al mando de la banda y en el romano de buena cuna que lo había señalado como el ejecutor de Avidio Casio. Aunque no era extraño encontrar desertores de las legiones y cohortes auxiliares en las partidas de salteadores, desde luego, esta banda era peculiar.

«Ciriaco tenía razón, hay alguna extraña relación entre Casio y estos bandidos», pensaba Cloelio; de alguna manera, habían averiguado su nombre y, aunque aún no lo habían matado, el frumentario solo podía esperar que tuvieran más interés en sacarle información que en ejecutarlo. Con esa esperanza, agotado de luchar contra el dolor de cabeza y el frío, finalmente, Cloelio se quedó dormido.

II

El sonido de unos pasos pesados lo despertó antes de que se abriera la trampilla, y Cloelio observó a un nubio enorme, posiblemente el mismo que lo había encerrado el día antes del suelo, que se inclinó sujetándolo del brazo.

—No te resistas —le dijo, sonriendo, otro hombre que surgió detrás del nubio.

El guerrero nubio lo sacó de la leñera sin contemplaciones, sujetándolo por el cuello y el brazo; era muy fuerte, y no le dio al frumentario ninguna posibilidad, arrastrándolo por el suelo frente a la mujer del día anterior, que esperaba en el centro de la sala.

—Que no se te ocurra ninguna tontería —le advirtió el acompañante del nubio, un hombre bajo y corpulento que hablaba latín con acento griego.

Cloelio miró alrededor con discreción y comprendió que no tenía ninguna oportunidad: detrás de la jefa de los bandidos montaba guardia un guerrero germano con una espada larga de caballería, mientras que el ciclópeo nubio permanecía de pie a su derecha y el griego a la izquierda, ambos con espadas romanas colgando de sus cinturones.

El nubio lo golpeó en la cabeza y señaló a la mujer:

—Escucha y responde, o te rompo el cráneo —le dijo en un latín tosco pero entendible.

Cloelio miró un momento el brazo enorme y lleno de cicatrices de su carcelero, y luego se volvió a mirar a la mujer.

—No enfades a Obas, pretoriano; es muy capaz de partirte por la mitad. Una vez cayó en las fauces de un gran cocodrilo, y logró abrirle las mandíbulas con la fuerza de sus brazos y llegar a la orilla —le dijo, sonriendo, la mujer—. No conozco a nadie más capaz de esa hazaña, escapar de la boca de Sobek.

Cloelio miró a los ojos negros de la mujer y preguntó:

—¿Quién sois?

De inmediato, el griego a su izquierda le soltó un puñetazo:

—¡Tú no hablas, perro, solamente respondes!

La mujer rio abiertamente e hizo un gesto con la mano:

—Tranquilo, Zaqueo —le dijo—; nuestro pretoriano responderá a todas mis preguntas.

—Le cortaré la lengua —amenazó Zaqueo.

—Tú haces lo que yo te ordeno —replicó la mujer con tono frío.

—Siempre, Señora —contestó el griego, inclinándose.

—Se queda Obas, Ulric y tú os marcháis —ordenó la jefa.

Con una última mirada amenazante a Cloelio, el griego y el germano salieron de la sala, mientras el nubio apoyaba su mano derecha en la empuñadura de la espada.

—¿Vienes a matarme, romano? —preguntó la mujer.

«No tiene sentido mentir», pensó Cloelio.

—Ni siquiera conocía su existencia —replicó.

—Pero nos buscabas —refutó la mujer.

—A una banda de saqueadores, sí.

—¿Y para eso envían a un frumentario?

—Cumplo las órdenes que recibo.

—Como buen romano —respondió la mujer—; pero sigo sin creerme que enviasen a un frumentario a una simple misión de búsqueda.

—Ya enviaron a la VI Tracia.

La mujer rio con ganas, echando la cabeza atrás, antes de replicar:

—No queda ninguno de la cohorte, romano.

—¿Qué relación tenéis con Casio? —preguntó Cloelio de pronto.

—Eso es lo que preocupa a tu augusto —replicó la mujer con una mueca, mientras le miraba fijamente—; que débil es tu emperador, si teme a un muerto.

Cloelio no respondió, y la mujer sonrió con frialdad antes de continuar:

—Tú mataste al mejor soldado romano.

Sin molestarse en negarlo, Cloelio replicó:

—Se había rebelado contra el emperador.

—Marco Aurelio le debía mucho.

—Sus victorias en el río Danubio, Oriente y Egipto no le habilitaban para usurpar la dignidad del augusto —replicó Cloelio.

La mujer sonrió de nuevo con esa mueca fría y despectiva que le ensombrecía el rostro:

—¿De verdad crees que Casio nos derrotó en Egipto? —replicó.

—Entonces, ¿vos pertenecéis a los bucólicos? —preguntó el frumentario.

—Así nos llamaban los romanos, pese a que no solamente había pastores entre los nuestros: pescadores, marineros, soldados que dejaban las cohortes, esclavos que abandonaban los fundos, algún sacerdote... Todos aquellos que rechazaban la opresión romana y estaban dispuestos a esgrimir la espada, pretoriano.

Cloelio escuchaba asombrado, pues la rebelión de los pastores del Bajo Nilo había puesto en peligro la posesión romana de Egipto entre los años 172 y 173, antes de ser aplastada por las tropas de Casio. Ahora, esa extraña mujer que lideraba a unos crueles saqueadores parecía a punto de refutar la historia tal y como la conocía el frumentario.

—Casio no nos derrotó, romano —continuó diciendo la mujer, mirándolo con cierta condescendencia—; en realidad, pactó con nosotros, aunque supongo que a Marco Aurelio le contó otra cosa.

—Creía que fuisteis destruidos junto con vuestro líder Isidoro.

—Isidoro murió, sí, pero por su propia mano; en cuanto a Casio, no logró derrotarnos, aunque fue lo bastante hábil como para mantenerse fuera de nuestro alcance, primero, y después conseguir que nos uniésemos a su bando.

Cloelio miraba a la mujer, reteniendo cada palabra: si no era una invención, resultaba extraordinario que estuviesen enfrentándose en el duro invierno de Mesia a una hueste de aliados de Casio. «No se equivocaba el liberto Ciriaco —pensó—, aquí se esconde algo muy extraño».

—Os ruego que os expliquéis mejor —pidió el frumentario a la mujer.

—¿Para informar al augusto? —respondió.

—Para comprender por qué me han enviado aquí —respondió Cloelio.

La mujer lo miró fijamente unos instantes y luego sonrió, sin calor, con desprecio, sentándose en un sillón cubierto de pieles y haciendo un gesto al nubio Obas, que obligó al romano a sentarse en el suelo.

—La rebelión ya estaba latente, romano, en todo el delta del dios Nilo, pues los recaudadores de impuestos atosigaban a las gentes del lugar, pescadores, marinos y pastores; por eso enviaron a un centurión, cuyo nombre olvidé, al frente de una centuria de auxiliares de la cohorte VII Líbica, para obligar a las gentes del río a entregar sus pocas posesiones. El que vosotros llamáis Isidoro, un sacerdote de cultos antiguos que no compartimos con romanos, levantó a los pastores y pescadores, emboscó a los lacayos de Roma y los aniquiló, para después asar los despojos y alimentar a las gentes famélicas con aquellos que pretendían destruirlos.

—Entonces es cierto —interrumpió el frumentario—; había oído que devoraron las entrañas de los soldados romanos.

—Las entrañas no, pretoriano, pues del hombre tiene mejor sabor las extremidades, el pecho y parte de la espalda —replicó la mujer.

Un estremecimiento de miedo recorrió la espina dorsal de Cloelio, mezclado con asco y repulsión:

—Devoráis personas —acusó.

—Matamos a quienes nos oprimen y aprovechamos su carne —respondió la mujer—, como siempre han hecho los pueblos hambrientos y luchadores, romano. ¿Te ofende? ¿Es un sacrilegio para tus dioses? Si ni siquiera tenéis dioses propios, pretoriano…, sois como las sanguijuelas, sorbiendo sangre y vida de otros pueblos.

«Debo intentar averiguar más», pensó Cloelio, rehuyendo su repugnancia.

—Ese fue solamente el primer combate; ¿qué ocurrió después?

—¿Continúas con tu misión de recabar información? —ironizó la mujer—. Pues te ayudaré, romano, al menos por el momento: después de la derrota y el banquete, muchas gentes del dios Nilo se reunieron alrededor de Isidoro, que llamó a consejo a los líderes y envió exploradores para vigilar a las tropas del campamento de Nicópolis junto a Alejandría, pues los recaudadores ya habrían puesto sobre aviso a Calvisio Estaciano, prefecto de Egipto. Así, cuando llegó el prefecto Silvano con el resto de la cohorte VII Líbica y unos auxiliares de caballería númidas, estábamos preparados para celebrar un nuevo banquete.

La mujer se detuvo algunos instantes, como recordando, para proseguir con su voz fría:

—Después de la segunda victoria, muchos de nuestros guerreros partieron hacia Alejandría, donde destrozaron a una cohorte de la legión II Trajana que salió a su encuentro. Calvisio Estaciano entró en pánico, pues apenas tenía otras dos cohortes legionarias en el campamento y en la propia ciudad, junto con algunos ciudadanos mal armados y la cohorte de arqueros V Arábica, que había llegado como refuerzo. Realmente, pudimos tomar Alejandría, aunque nos contentamos con adueñarnos de toda la tierra entre la ciudad y Pelusio, al este; pero entonces llegó Casio.

Cloelio no interrumpió a la mujer, aunque, ahora que la había escuchado durante más tiempo, se daba cuenta de que su latín era perfecto, casi sin acento, y el uso del lenguaje denotaba cultura.

—Cayo Avidio Casio llegó de Siria con seis cohortes completas de las legiones III Gálica, IV Escítica y XVI Flavia, además de una decena de unidades auxiliares con arqueros sirios, infantes armenios, jinetes árabes y algunos catafractos de Capadocia —continuó la mujer, como recitando—. Quizás tendría unos cuatro mil legionarios, incluyendo los de la II Trajana; cinco mil infantes auxiliares; dos mil arqueros, y un millar de jinetes. Sin duda, un ejército poderoso, pero nosotros éramos más, muchos más.

La mujer miró a Cloelio con una mueca feroz:

—Casio se dio cuenta enseguida de que no podía ganar, por lo que se concentró en no perder: avanzó expulsando a nuestros incursores de los alrededores de Alejandría, llevando por delante a esos perros árabes como exploradores, y cada noche levantaba un gran campamento de marcha, hasta que llegó al primer fuerte cerca de uno de los brazos del dios Nilo, que nosotros habíamos arrasado. Casio reconstruyó el fuerte, y levantó dos más formando un triángulo, aunque siempre al oeste del río. Allí acampó, enviando a los jinetes y los arqueros contra nuestras fuerzas, que nos llenaban de flechas para replegarse a continuación siempre que contraatacábamos.

Después de una pausa, la mujer continuó:

—Nuestro líder, al que vosotros llamáis Isidoro, insistió en atacar los fuertes, aunque los otros jefes no estábamos todos de acuerdo; Casio era un gran soldado, y cada vez que nos acercábamos a uno de los fuertes desplegaba a sus arqueros y jinetes, apoyados por las cohortes legionarias y los infantes auxiliares. Hubo muchos combates, ninguno decisivo, y, aunque no logramos derrotar a los romanos, estos tampoco avanzaban muy lejos de sus empalizadas. Así llegó el invierno, y después la crecida, y todo siguió igual.

Otra pausa y la mujer prosiguió:

—Isidoro se desesperó, pues pasábamos hambre y muchos huyeron atravesando el río hacia el este, donde varias cohortes de las legiones III Cirenaica y VI Acorazada habían asegurado los fuertes que protegían Pelusio, por lo que no consiguieron pasar; estábamos rodeados y sin comida, lo que llevó a nuestro líder a marchar con los guerreros y atacar de frente los fuertes de Casio, pero no logramos pasar las empalizadas y sufrimos cientos de muertos. Al regresar a la isla donde teníamos el campamento principal, las críticas llevaron a Isidoro a marcharse de su tienda, encerrarse en un santuario personal que había levantado entre las cañas y ensartarse en su propia espada. Y, apenas dos días después de su muerte, nos llevamos una sorpresa cuando los guardias avisaron que un grupo de jefes romanos había llegado a la orilla contraria, y querían reunirse con Isidoro.

Ahora, mirando de frente a Cloelio, la mujer declaró:

—Casio era un valiente, no cabe duda, pues llegó hasta nosotros acompañado solamente de un tribuno y una pequeña escolta a caballo. Cuando supo que Isidoro había muerto, preguntó por el nuevo jefe, y nos adelantamos los seis que liderábamos a los guerreros. Allí mismo nos hizo una propuesta sorprendente: libertad para gobernar nuestras tierras, nada de impuestos y ningún soldado romano dentro de los límites acordados.

—¿Qué os pidió a cambio? —preguntó Cloelio, pensando que la historia era tan increíble que debía ser cierta.

—Que no nos acercásemos a Alejandría, al oeste; a Pelusio, al este, y a la antigua Sais, al sur; paso libre a los barcos del grano; y, a su debido tiempo, apoyo militar cuando nos lo requiriese —respondió la mujer.

—¿Cuándo fue eso? —insistió el frumentario.

—En el verano del consulado de Severo y Pompeyano —respondió con una mueca sarcástica su interlocutora—, como a vosotros os gusta decir.

«Hace casi siete años, apenas año y medio antes de declararse Casio en rebelión», pensó Cloelio, al que de pronto le parecía más que factible la narración de la extraña jefa de bandidos que tenía delante.

—Y, desde Egipto, ¿cómo llegasteis hasta aquí? —preguntó finalmente el frumentario.

—En parte por culpa tuya, romano, al asesinar a Casio; pues debes saber que el rector de Oriente tenía más apoyo del que creíais.

No era una respuesta que aclarase cómo una líder guerrera egipcia con cultura latina terminaría por llegar hasta un remoto rincón entre Mesia y Panonia a liderar un grupo de bandidos, pero Cloelio intuyó que la mujer no quería explayarse en ese tema. Aun así, había algo que debía saber.

—Una última pregunta —rogó Cloelio.

—Habla —respondió la mujer con cierta impaciencia.

—¿Os habéis comido también a los infantes de la VI Tracia?

La mujer echó la cabeza atrás y soltó una gran carcajada, que resonó en la sala; aún sonriente, miró al nubio:

—Obas, tráelo.

El guerrero agarró al frumentario del brazo, se lo retorció detrás de la espalda y lo obligó a caminar detrás de la mujer hacia la puerta.

III

Al salir, la luz del sol invernal cegó a Cloelio refulgiendo sobre la nieve; «Mediodía, más o menos», pensó el romano. La gran edificación donde lo retenían ocupaba el centro de un caserío de tamaño medio, algunas de cuyas construcciones habían sido quemadas y después reparadas sin demasiado esmero.

Varios hombres se volvieron a mirarlo, y uno escupió en el suelo y lo señaló; también había mujeres, e incluso llegó a ver a un niño de unos ocho años, que lo amenazó esgrimiendo una espada corta germana.

Obas apretó aún más su brazo, subiéndolo hacia el hombro, y Cloelio gruñó mientras pensaba que el gigante nubio finalmente le rompería los huesos. Pero la mujer andaba de prisa, y el guerrero lo obligó a seguirla hacia el extremo norte de la aldea, donde un espacio abierto estaba ocupado por varias zanjas sobre las cuales se alzaban en vertical troncos cruzados, que sostenían otros palos horizontalmente. «Espetones», pensó estremecido Cloelio al observar que las maderas horizontales estaban ennegrecidas.

La mujer salió por una puerta pequeña abierta en la empalizada que rodeaba el fundo, caminando unos cincuenta pasos antes de detenerse:

—Mira, frumentario Cloelio; obsérvalo todo y cuéntaselo a tu augusto.

Girando la cabeza hacia donde señalaba la mujer, Cloelio vio una gran zanja, de la que asomaban multitud de huesos y algunas piezas rotas de equipo militar, parcialmente ocultas bajo la nieve.

—Suéltalo, Obas, que mire a gusto —dijo la mujer.

El nubio lo arrojó sobre la nieve, y Cloelio se levantó intentando no gemir ante el dolor penetrante de su hombro, que se había sumado al latido que sentía en la cabeza. El romano permaneció unos instantes mirando la zanja, antes de volverse a la mujer.

—¿Están ahí mis hombres? —preguntó desafiante, pensando que era mejor morir aquí que ser comido.

—Y los de Sicinio, y algunos más —respondió la mujer sin alterarse—; claro que solamente están enterrados los huesos, pues la carne que no asamos la conservamos en sal para comerla a lo largo del invierno. Aunque alguno no está allí —prosiguió, girándose hacia un grupo numeroso que había salido detrás de ella—. ¡Tucio, ven aquí!

Un hombre alto con una cota de escamas bajo un grueso manto militar avanzó desde el grupo y se situó respetuosamente cerca de la mujer, observando con ira a Cloelio.

—Tucio, centurión de la cohorte VI Tracia, es uno de los nuestros —lo presentó la mujer con un ademán—; y tú podrías unirte a nosotros, pretoriano Cloelio, si demuestras lealtad.

—No me alimento de personas —respondió el frumentario.

Obas se movió con sorprendente rapidez asestándole un puñetazo que lo tiró por tierra, entre las burlas y los insultos de los bandidos. Antes de que volviera a golpearlo, la mujer lo detuvo con un gesto y sonrió con crueldad, los ojos negros fijos en el frumentario.

—Pues algo habrás de comer, Cloelio, porque aún no te autorizo a morir. Llevadlo dentro —ordenó a Obas y a otro guerrero con aspecto germano que se había acercado.

Sin miramientos, Cloelio fue arrastrado hacia la leñera, donde lo esperaban nuevamente el frío y la oscuridad.

IV

La agitación despertó a Cloelio de otra larga noche de frío y hambre; estaba entumecido, la cabeza le latía atrozmente y los huesos helados le dolían como si le estuvieran sacando el tuétano con cuchillos.

Arriba se escuchaban voces, risas y alguna que otra imprecación; los pasos se multiplicaron, y el frumentario tuvo claro que tenía lugar una gran reunión.

El portón se abrió y el nubio Obas se asomó.

—¡Sal de ahí, perro!

Sin posibilidad de resistirse ante el gigantesco guerrero, Cloelio se puso en pie y subió los escalones de madera, saliendo junto al nubio, que le propinó un empujón, dirigiéndolo al centro de la sala.

Los bandidos habían dispuesto varias mesas colocando anchos tablones sobre soportes, y las mujeres se movían trayendo comida, fuentes de barro con carne asada y grandes ruedas de pan tosco; también había jarras apoyadas sobre las mesas, de las que bebían directamente los comensales.

En la cabecera de la mesa más cercana a la pared trasera del edificio, se habían dispuesto varias sillas alrededor del sillón cubierto de pieles donde se sentaba la Señora, rodeada de quienes debían ser sus lugartenientes.

Obas lo condujo a empujones hacia ella, mientras hombres y mujeres se burlaban a su paso, y un niño incluso le lanzó un trozo de hueso. La Señora sonrió sin alegría al verlo, y le indicó que se sentara en un banco:

—Bien, Cloelio, ¿sigues interesado en obtener información? —le preguntó—. Aunque no creo que consigas transmitirla a tu moribundo augusto.

—Para eso me enviaron.

El romano alto y distinguido sentado cerca de la líder meneó la cabeza.

—Señora, sería mejor cortarle el cuello a este lacayo.

—Aún no, Fuso —respondió tajante la líder—; veo más bien un perro, antes que un lobo al que deba temer.

Fuso no respondió, clavando su mirada en el frumentario, que aprovechó la ocasión:

—¿Cómo alguien de vuestra posición se ha unido a esta banda? —preguntó.

Uno de los guerreros situados más cerca extrajo una espada corta germana del cinturón y se empezó a acercar a Cloelio, pero la Señora lo detuvo con un gesto.

—Eres muy curioso, Cloelio —le dijo—; te voy a presentar a mis camaradas más distinguidos, los jefes de la Hermandad; pero antes debes comer.

El frumentario miró la mesa, donde varias fuentes de cerámica desportillada contenían carne asada y pan; aunque no había comido nada desde su captura, Cloelio se estremeció al recordar los espetones, miró a la Señora y negó con la cabeza.

—Bueno, ya comerás. Bebe al menos, solamente es agua y vino —respondió la Señora.

Cloelio tomó una jarra y bebió un largo trago de agua, mientras su estómago protestaba, pidiendo algo más sólido.

—Estabais dispuesta a presentarme a vuestra tropa —afirmó tras soltar la jarra.

La mujer alzó las cejas y lanzó una breve carcajada, aunque al mirar a Cloelio sus ojos eran duros y despiadados.

—Espurio Fuso: de noble familia, tribuno en la legión III Gálica, amigo personal y hombre de confianza de Avidio Casio, rector de Oriente y augusto de Roma, al menos hasta que tú le cortaste el cuello —recitó la Señora, señalando al romano—. Mi fiel Aniceto, gran médico respetado a una y otra orilla del Gran Dios Nilo, educado en la Hélade, pero hijo adoptivo de Egipto —continuó, señalando a un hombre de estatura media vestido con un grueso manto de lana, antes de volverse hacia el hombre bajo y fornido que había golpeado el día anterior a Cloelio—. También griego, el más hábil con la espada y la lanza, Zaqueo, mi maestro de armas, hombre de poca paciencia y muchos talentos.

La Señora señaló a las dos mujeres más cercanas a su trono:

—Maga y Edwina, que curan el cuerpo y el alma de mi gente, aunque también son muy capaces de sacarles el corazón, si fuera preciso.

Cloelio observó a una tercera mujer, situada al otro lado, que lo miraba con unos bellos ojos verdes, envuelta en una gruesa piel.

—¿Y ella? —preguntó, señalándola.

Un resoplido del centurión Tucio le indicó al frumentario que su pregunta lo molestaba.

—¿Olinta? Mis ojos y mis oídos, frumentario —respondió la Señora, mirando a la mujer, que sonrió ante el evidente aprecio de la líder.

«Una prostituta de los oficiales en Sirmio», pensó Cloelio; eso explicaba lo bien informada que estaba la Señora de lo que sucedía en la ciudad donde residía el augusto y la mayor parte de sus más cercanos consejeros. Además, el rumor de su participación en la ejecución de Avidio Casio se había extendido por la oficialidad romana, y era muy factible que la bella meretriz hubiera accedido a ese conocimiento en sus relaciones con los mandos.

—Señora, permiso para partir en dos a este cerdo —masculló el centurión Tucio, mirando al frumentario, con la mano apoyada en el pomo de la espada; era el único de los secuaces de la Señora que portaba armadura, una cota de bruñidas escamas metálicas, fijada sobre un gambesón acolchado.

—Aún no, mi fiel Tucio —replicó la líder—: antes debemos comprobar si puede sernos de utilidad, pues un frumentario del anciano Marco Aurelio es una pieza que no se captura todos los días.

Cloelio observó el gesto descompuesto de Tucio, que asintió con la cabeza, mirando rápidamente a su líder y a la hermosa Olinta. «Te ha prometido que la muchacha será solamente tuya, centurión», pensó Cloelio en una súbita inspiración. «Por eso condenaste a tus camaradas a la muerte y al horror».

El frumentario mantuvo la mirada sobre Tucio, que se la devolvía desafiante. La Señora captó el gesto, lanzó una carcajada y negó con la cabeza.

—No habrá hoy un combate entre dos lobos romanos —declaró—; quizás otro día. Y, Cloelio, aquí tienes a mis jefes de guerra, mi fiel gigante Obas, el hábil Ulric, el veterano Tucio y el mejor entre los valientes sardos, Soru; nada más faltaría Medar, el más veloz de los rápidos sármatas, que ha partido con los exploradores. Ya tienes toda tu información, frumentario, ahora debes decidir si vives en un orden nuevo, más justo y humano, o sigues sirviendo a un anciano débil e impío.

—¿Humano? —replicó Cloelio.

Los ojos de la Señora parecieron endurecerse aún más.

—Cuidado con las insolencias, romano: han dejado de divertirme. Puedes ser un brazo fuerte, un instrumento útil o comida para el invierno. Lo decidiré yo, pero lo haré pronto. Al agujero con él.

Obas se movió con rapidez sorprendente para un hombre de su tamaño, le propinó un tremendo puñetazo que dio con Cloelio por tierra y lo arrastró entre aplausos y burlas de los bandidos hasta la leñera, donde lo lanzó sin miramientos.

V

Cloelio intentó olvidar el hambre y el dolor de su nariz rota mientras pensaba en un plan de fuga: tendría que sorprender a uno de los guerreros, esquivar al resto y ganar la salida para escapar, pero estaba debilitándose rápidamente, y, además, fuera del fundo, no tardarían en cazarlo. Mientras el gigante nubio lo arrastraba ante la Señora, había calculado rápidamente que la banda incluía al menos unas trescientas personas, de los que quizás la mitad serían guerreros; pero las mujeres parecían capaces de luchar, y el frumentario sabía por experiencia que entre las germanas y sármatas era frecuente la habilidad en el manejo de la lanza, el arco o, incluso, la espada. Además, solamente pudo deducir el número de los presentes dentro del gran edificio, sin saber cuántos guerreros acompañarían al sármata Medar mientras patrullaba los alrededores.

Sus pensamientos volvieron a la Señora: la mujer de los ojos duros había presentado a sus más fieles seguidores con evidente orgullo, recitando casi como un orador griego. Era evidente su esmerada educación, además de un carácter fuerte y un gran control sobre sus secuaces, lo que señalaba su enorme valía, pues liderar a una hueste de guerreros probados y a dos oficiales romanos, uno de ellos de abolengo, no estaba al alcance de cualquiera.

Cloelio recordó que ella misma le había contado que había sido uno de los seis líderes al frente de la fuerza de los bucólicos y rebeldes junto al río Nilo, cuando el traidor Avidio Casio pactó con ellos. Así que era egipcia, o quizás griega, perteneciente en todo caso a una familia de prestigio que le había proporcionado una buena educación, posiblemente en las afamadas escuelas de Alejandría.

«¿Cómo llegaron aquí?», volvió a preguntarse Cloelio, consciente de la importancia de ese detalle para entender la extraña conspiración que planteaba la propia existencia de la hueste de la Señora y la presencia del tribuno Fuso. Pero no tenía más datos, sino muchas preguntas, por lo que se reclinó contra la pared y se adormeció, intentando olvidar el dolor y el hambre, reservando sus menguantes fuerzas.

Pasó el día, y la noche fue otra vez larga y gélida, interminable; Cloelio detectó la llegada de la mañana por la leve luz que se filtraba por los resquicios del portón, y la ruidosa comida común que celebraban los bandidos. El hambre y la sed lo atormentaban, pero nadie acudió a llevarle comida.

Mucho más tarde, el portón volvió a abrirse, y Obas entró en la leñera, lo agarró del brazo y lo obligó a subir a la sala. Otra vez estaban dispuestas las mesas, aunque había menos asistentes, y la luz tenue procedente de los braseros y algunas lucernas apenas le permitió distinguir a la Señora, sentada en el trono hablando con el médico Aniceto y un guerrero alto al que no conocía; algo separados, Tucio y Olinta conversaban en voz baja, mientras Edwina vendaba el brazo de un guerrero sentado en un taburete.

Obas lo dejó junto a una mesa donde había un resto de pan y una escudilla con carne guisada, junto a un par de jarras:

—Come —le ordenó.

Cloelio se sentó en un taburete, miró la comida y, después, a Obas; el nubio le devolvió la mirada unos instantes, antes de darse la vuelta y hacerle un gesto a un guerrero de apariencia germana, que se mantuvo cercano al frumentario con la mano apoyada en un hacha sujeta al cinturón.

—La carne es de venado, pretoriano.

La voz de Fuso era sonora, potente, cultivada y acostumbrada al mando; el tribuno llegó junto a Cloelio, se acercó un taburete y se sentó.

—No todos comemos carne humana —añadió Fuso.

Sin responderle, el frumentario tomó un trozo de carne y lo mordió: aunque mal cocinada y dura, Cloelio no detectó ningún sabor extraño, y se obligó a tragarla, al tiempo que tomaba agua directamente de una jarra. En un par de minutos, había terminado con el contenido de la escudilla, acompañándolo del pan duro y el resto del agua.

—La Señora no te va a dar más tiempo, pretoriano —le dijo Fuso, que había esperado pacientemente a que comiera—, por lo que debes decidir entre unirte a nosotros o terminar asado y en la barriga de sus guerreros.

Cloelio dudó brevemente, valorando ignorar a su interrogador, pero finalmente decidió que tenía poco que perder:

—¿Unirme a qué, tribuno?

Fuso sonrió al pronunciar Cloelio su grado militar; el frumentario calculó que tendría algo menos de cuarenta años y, desde luego, su apariencia evidenciaba su nacimiento privilegiado y la costumbre de ser obedecido.

—Hay un propósito en esta fuerza, pretoriano —empezó a explicarse Fuso—, por extraño que te resulte. Y había un designio justo, una causa honrada, en todo lo que inició Avidio Casio hace casi cinco años. No era mera ambición, ni vanidad, ni avaricia, sino un intento valiente y comprometido de obtener un gran bien para Roma.

Cloelio meneó la cabeza.

—Con respeto, tribuno, pero un simple pretoriano como yo no puede entender cómo apoyar a una banda de saqueadores, comedores de carne humana, puede ayudar a Roma —respondió Cloelio.

—Tú no eres un simple pretoriano, frumentario, pues en ese caso no te habrían enviado a asesinar a Casio, lo cual no te perdonaré, pese a que solamente cumplías las órdenes recibidas —respondió tajante Fuso—. Pero, en todo caso, la fuerza de la Señora, o la Hermandad, como la llaman sus seguidores, es solamente un instrumento para lograr un fin más grande: asegurar el ascenso a la púrpura imperial de un princeps adecuado, que nos gobierne con justicia y rigor, por el bien de Roma —repitió el tribuno.

—¿Tenéis un acuerdo con la Señora? ¿A quién representáis? —preguntó Cloelio.

El rostro de Fuso se contrajo en una mueca, mitad sonrisa y mitad enfado, cuando replicó:

—Y dices que eres un simple pretoriano…

El tribuno pareció dudar un instante, pero continuó hablando:

—Desde la muerte del augusto Lucio Vero, mientras la guerra y la epidemia asolaban nuestras fronteras, algunos de los hombres más ilustres de Roma comenzaron a inquietarse por la sucesión del augusto Marco Aurelio, pues nadie en su sano juicio puede pretender que el recién nombrado augusto Cómodo esté preparado, o siquiera interesado, en gobernar el imperio con honestidad y justicia.

Cloelio entendió al instante lo que Fuso quería decir: aunque Marco Aurelio había elevado a su hijo Cómodo al rango de augusto para que compartiese el gobierno imperial hacía casi tres años, las evidentes carencias del muchacho y su desinterés por todo lo que no fueran los placeres y las diversiones inquietaban a la mayoría de los dirigentes y funcionarios romanos.

—Por ello, y sabiendo que la salud del augusto Marco Aurelio era cada año más frágil, algunos romanos justos decidimos adelantarnos a la posible designación de un mal augusto, eligiendo a un gran soldado y excelente gobernante por el bien de Roma —explicó el tribuno.

—Por el bien de Roma —repitió Cloelio.

Fuso aguantó la mirada del pretoriano e insistió cortante:

—Por el bien de Roma.

Durante unos segundos, ambos romanos se miraron fijamente, hasta que el tribuno se impacientó:

—¿Y bien, pretoriano? ¿Te unirás a nosotros y ayudarás a cumplir nuestro justo cometido?

El frumentario intuyó que tenía que ganar tiempo o simular adherirse a la causa, si quería seguir vivo.

—¿A quién elevaréis a la púrpura imperial, tribuno? —preguntó.

—Ese no es asunto tuyo —replicó Fuso, impaciente y algo colérico—. Eres un simple pretoriano, que puede servir de ayuda, pero no es necesario que sepas más. Decide, únete o muere.

Cloelio fingió que necesitaba algún tiempo para decidir, y finalmente asintió con la cabeza:

—El día que me capturaron sugeristeis a la Señora que me ejecutara de inmediato, pero ahora necesitáis que espíe para vosotros: de acuerdo, decidme con quién debo contactar y cuál es exactamente mi cometido.

El tribuno arrugó el ceño, observando fijamente al frumentario, meneó la cabeza y se levantó del taburete mientras respondía:

—Serás informado a su debido tiempo, pretoriano; y no intentes engañarme, o serás muerto y devorado. Ahora solamente debes recordar que el honor de servir a Roma está por encima de cualquier augusto.

Mientras Fuso se marchaba, a Cloelio se le ocurrió una última pregunta:

—¿Cuál es el auténtico nombre de la Señora?

El tribuno se volvió, sonriendo enigmáticamente:

—Su nombre es secreto, pretoriano, y no lo ha confiado a nadie que yo sepa; para ti solamente es la Señora.

Cloelio observó cómo Fuso marchaba junto a la Señora y hablaba brevemente con ella, que le miró desde lejos con desconfianza; enseguida Obas marchó hacia Cloelio.

—Al agujero —le ordenó en su tosco latín—. No me fío de ti.

Por cuarta noche consecutiva, Cloelio fue encerrado en la gélida leñera.

CUMPLIENDO ÓRDENES: VÍA ASIANA, SIRIA, VERANO DEL AÑO 175 d. C.

I

El día amaneció espléndido, caluroso y despejado, con la luz creciente derramándose sobre los tejados de Antioquía desde las montañas orientales; Cloelio ya estaba a caballo, trotando lentamente hacia la Puerta de Laodicea sobre la espléndida yegua que le había traído un esclavo muy temprano esa misma mañana desde la cuadra cercana a la casa de Eugenio. El frumentario montó al animal, que relinchó quedamente, se acomodó en la silla, comprobó sus armas y enseguida inició un trote de prueba con su nueva montura.

La Puerta de Laodicea, encajada entre dos torres circulares que se elevaban sobre el arco de la entrada, estaba guardada por un optio y seis infantes de la cohorte II Palestina; el oficial se volvió hacia Cloelio, que detuvo su montura:

—Centurión Antoniano, de la legión III Gálata —anunció el frumentario.

Ante el porte militar y el tono de Cloelio, el optio se cuadró y respondió apartándose del paso:

—A sus órdenes, centurión.

Cloelio taloneó suavemente en los flancos de su yegua y el animal reemprendió el camino, los cascos resonando en el firme empedrado. A su derecha, el río Orontes fluía despacio entre riberas arboladas, amansado bajo el fuerte calor estival y proporcionando agua a las numerosas fuentes que engalanaban los soberbios Jardines de Dafne, alrededor del Templo de Júpiter Óptimo Máximo erigido por Julio César. A la izquierda de la calzada, el Acueducto de Adriano se alzaba imponente, llevando el agua hasta la ciudad atravesando un gran número de campos cultivados, plantaciones de frutales y huertas.

El frumentario cruzó la puerta del muro perimetral de los Jardines de Dafne, trotando a un ritmo pausado para no cansar a su yegua; cuando consideró que se había alejado lo suficiente, se detuvo y miró alrededor: no había nadie cerca, pues los ocasionales campesinos que había observado estaban atareados en los campos.

El sol de la mañana apenas se intuía detrás de las montañas situadas al este, y el calor todavía era soportable; Cloelio desmontó, intentado preservar las fuerzas de su yegua para afrontar una posible galopada, y esperó al borde del camino durante un buen rato, tomando un trago del pequeño odre que colgaba de su arzón.

Cuando la espera comenzaba a impacientarle, preocupado porque ocasionales viajeros pudieran aparecer e interferir en su misión, Cloelio oyó el sonido de unos cascos al norte de su posición, y enseguida observó una leve neblina causada por el polvo que levantaban los caballos. El frumentario montó de nuevo en su yegua, que resopló ante su peso, e, irguiéndose, vislumbró la comitiva; poco a poco, las figuras se fueron acercando, y Cloelio distinguió los jinetes que marchaban al frente y un estandarte alzándose sobre un hombre tocado con un gorro púrpura.

Sin esperar más, el frumentario comprobó que su espada salía fácilmente de la funda y puso su yegua al paso, marchando hacia los jinetes que se acercaban por la Vía Asiana.

II

En la amplia explanada frente al palacio, Aristarco se situó al frente de su turma, formada en columna; estaban presentes Alejo, Mecio y Dimas, junto con los veintiocho jinetes que componían su unidad, pues uno había muerto unos días antes de una infección intestinal, y otro había desertado a principios del verano. Pese a las dos vacantes, su turma era la mejor instruida y dotada del ala II Gálata, lo que había llevado a Casio a seleccionarla como su escolta montada.

Aristarco miró a sus jinetes con aprobación, deteniéndose, como siempre, en la correcta disposición de los arreos y las armas, la actitud vigilante y despierta, sin señales de embriaguez, y el buen estado de las monturas.

El decurión tocó ligeramente los flancos de su caballo, que inició un paso lento, marchando junto a la columna formada en doble fila; mientras avanzaba junto a sus hombres, habló sin alzar la voz, pero lentamente, para que todos lo entendiesen:

—Hoy marcharemos como escolta del augusto, en la disposición habitual. Pero hay algo que debéis tener presente: pase lo que pase, ninguno abandonará su puesto en la formación, aunque otros jinetes se unan a la comitiva, salvo que yo lo ordene expresamente —los instruyó Aristarco—. Es muy importante que os mantengáis en vuestra posición, suceda lo que suceda, y veáis lo que veáis. Solamente yo daré las órdenes. ¿Entendido?

Pese a algún gesto de extrañeza, los jinetes asintieron.

—Si cumplimos bien esta misión, seremos largamente recompensados —continuó el decurión, sin dejar de mirar fijamente a sus jinetes—. Recordad, mantened vuestra posición en la columna y atended solamente a mis órdenes.

Los jinetes devolvieron la mirada a su oficial, algunos asintiendo, otros todavía con cara de extrañeza; pero ninguno discutió las órdenes ni pidió explicaciones, pues eran soldados veteranos, curtidos en las escaramuzas de la extensa y peligrosa frontera oriental, y habían aprendido desde reclutas a no inmiscuirse en los asuntos de los oficiales, donde no había nada que ganar, y sí mucho que perder.

En ese momento, Avidio Casio, rector de Oriente y usurpador de la púrpura imperial, surgió de las puertas del palacio seguido de su liberto Higinio y del centurión que lideraba la guardia del edificio; dos esclavos de las cuadras acudieron con sendas monturas enjaezadas, y, tras cambiar unas palabras con el centurión, Casio subió al caballo sin ayuda, mientras uno de los esclavos asistía al liberto para auparse sobre su montura.

Aristarco saludó a Casio llevándose el puño derecho al pecho, y el Augusto ordenó, sin más trámite, que iniciasen la marcha:

—¡Celio y Durmio, al frente! —ordenó el decurión, y los dos jinetes iniciaron la marcha, seguidos por Aristarco y precediendo a Casio, que se erguía sobre su caballo con una expresión al tiempo resuelta y digna.

El portaestandarte Dimas alzó su insignia con orgullo y se situó detrás del augusto, junto a Higinio, mientras el resto de la turma marchaba detrás, pasando bajo el arco de la entrada a la ciudadela, cuyas puertas abrieron los legionarios de la III Gálica, presentando armas al paso de Casio mientras los cascos de los caballos resonaban sobre el puente que atravesaba el río Orontes.

A la comitiva le llevó veinte minutos recorrer al paso la ciudad de norte a sur, hasta salir por la Puerta de Laodicea, donde los centinelas de la cohorte II Palestina saludaron al augusto cuadrándose y mostrando sus lanzas, mientras el optio a cargo de la guardia se llevaba el puño derecho al pecho protegido por las escamas superpuestas de su cota.

La columna salió al calor de la Vía Asiana y atravesó los Jardines de Dafne al paso, disfrutando del frescor de la mañana y la fragancia de las plantas ornamentales; al poco tiempo, dejaron atrás el murete que delimitaba los bellos jardines, aunque el campo siguió siendo frondoso y bien cultivado, abundantemente regado por las aguas del río Orontes. Al frente, la bien pavimentada Vía Asiana trazaba una línea recta sobre la tierra salpicada de verde.

Aristarco cabalgaba justo detrás de la avanzadilla formada por Celio y Durmio, mirando alternativamente al frente y hacia atrás, atento a sus hombres y al camino; durante unos minutos, no vio a nadie, salvo ocasionales agricultores trabajando en sus campos, hasta que, al alzar la cabeza mirando al frente, distinguió a un solitario jinete, que se acercaba a la columna al paso. Celio se volvió a mirarlo, y el decurión respondió en voz baja pero firme:

—Vista al frente y no hagáis nada sin que yo lo mande —ordenó.

El soldado de caballería Celio volvió a mirar al frente, observado de reojo por su camarada Durmio, mientras el jinete desconocido cambiaba a un trote pausado, acercándose a la columna de Casio.

III

La comitiva del rector de Oriente Avidio Casio marchaba a buen paso por el empedrado de la Vía Asiana en dirección a Laodicea, mientras el autoproclamado augusto cabalgaba en silencio, sumido en sus pensamientos.

«Hay mucho que hacer», pensaba Casio mientras avanzaba al paso, vestido con una túnica blanca ribeteada de púrpura y tocado con un gorro del mismo color; había prescindido de la coraza laminar que solía usar y se cubría con una ligera capa de seda púrpura, pues hacía demasiado calor para vestir su grueso manto militar de lana, pero llevaba en el dedo anular un grueso anillo de oro y su liberto Higinio cargaba con el cetro. En su cabeza, bullían los informes remitidos por sus legados, nada satisfactorios, lo que le había decidido a partir en una rápida visita de inspección para comprobar el estado de sus legiones y fuerzas auxiliares.

Casio respiró con fuerza mientras sus pensamientos se concentraban una y otra vez en la situación de sus fuerzas militares: teóricamente, disponía de siete legiones, un contingente aliado armenio de caballería e infantería, doce cohortes auxiliares de infantería y tres de arqueros a pie, y hasta veinte alas de caballería auxiliar, incluyendo catafractas, jinetes ligeros y arqueros a caballo. Un gran ejército.

«Pero solamente es un gran ejército si no contamos los hombres y armas realmente disponibles», pensó Casio; las legiones estaban a mitad de efectivos, las unidades auxiliares se desplegaban en su mayor parte en la inmensa frontera con Partia y los aliados armenios aún no habían recibido la visita de los embajadores de Marco Aurelio, que sin duda llegarían al reino cliente para exigir lealtad al auténtico emperador.

Y, además de la falta de tropas, Casio tampoco tenía demasiados oficiales veteranos a su favor: el legado Aurelio, sin duda, pues la legión III Gálica era la más fiel a su persona, ya que unos años atrás había sido comandada por el propio Casio; también podía confiar en el prefecto Justo de la II Trajana, y en el legado Saturnino de la XVI Flavia, aunque de los otros cuatro legados a cargo de las restantes legiones no tenía la certeza de que se mantuviesen bajo sus órdenes cuando llegase Marco Aurelio. «Tengo que nombrar a personas que sean de mayor confianza», decidió; pero el problema era que, aparte de sus jóvenes hijos Meciano y Heliodoro, del prefecto egipcio Calvisio Estaciano y de su recién nombrado prefecto del pretorio Volusio, no tenía a casi nadie en quien confiar totalmente.

«Si el sodomita Vero se hubiese unido a mí —rumiaba Casio—, tendría dos legiones más y podría haber cerrado el estrecho del Bósforo, ganando tiempo para aumentar el ejército antes de que llegasen desde Tracia los veteranos de Marco Aurelio»; la otra opción para las fuerzas occidentales consistía en intentar una invasión naval en las costas de Siria, aunque era muy improbable. «Y, si llegan a desembarcar en Egipto, se llevarán una desagradable sorpresa», pensó sonriendo.

Absorto en sus preocupaciones, Casio no reparó en un jinete que trotaba en dirección contraria, hacia Antioquía, y que, en lugar de apartarse a un lado, pasó entre los dos jinetes que marchaban en vanguardia, sin que estos lo detuviesen.

IV

Cloelio miró a los jinetes que lideraban la comitiva mientras estos se giraban hacia el decurión situado justo a sus espaldas, que asintió levemente. El frumentario pasó entre los soldados y el oficial, quedando frente al usurpador Casio, que marchaba al paso sobre un caballo tordo, vestido con una túnica blanca y una ligera capa púrpura.

En ese momento, el rector de Oriente levantó la cabeza, miró directamente al jinete que se acercaba y comprendió al instante lo que sucedía. «¡Qué necio he sido!», pensó mientras soltaba las riendas y llevaba su mano derecha hacia la espada.

Pero Cloelio fue más rápido: decidiéndose por el tajo, el frumentario pateó con sus talones los flancos de su yegua, que respondió con un relincho agudo y arrancó hacia el usurpador. El caballo tordo retrocedió con nerviosismo, intentando apartarse, y Cloelio guio a su montura con los muslos mientras desenvainaba la espada larga, ganaba el flanco derecho de Casio y descargaba un tajo horizontal contra el usurpador.

La hoja forjada en la Galia golpeó el antebrazo de Casio por debajo del codo, mordió piel, músculos y hueso, obligándolo a soltar la espada a medio desenvainar y arrancándole un gruñido contenido. Pero el duro veterano no se desplomó y, pese al brazo derecho que le colgaba apenas sujeto por unos jirones de músculos, tendones y piel, taloneó sobre los costados de su caballo mientras intentaba salirse de la calzada alejándose hacia la izquierda.

—¡Ayuda! ¡Socorred al augusto! —gritó el secretario Higinio, agarrado a las riendas de su castrado.

Pero ninguno de los jinetes reaccionó mientras Cloelio obligaba a girar a su yegua y descargaba un segundo tajo sobre la espalda de Casio, aunque la capa y la túnica frenaron en parte la fuerza del golpe. El usurpador se contrajo de dolor, intentando sostenerse sobre su montura, antes de que el frumentario lograra colocarse a su lado, lanzando un último golpe descendente que impactó de lleno sobre la nuca descubierta de su víctima, seccionándola y partiéndole el cuello.

Mientras Casio soltaba las riendas y se deslizaba de la silla de su caballo al suelo, el liberto Higinio dio la vuelta a su montura e intentó huir con el terror grabado en su rostro; pero el duplicario Alejo se interpuso en su camino, extrajo una jabalina corta del estuche que colgaba de su arzón y, con una habilidad fruto de la práctica, atravesó el pecho del liberto con tanta fuerza que la punta del arma asomó por la espalda, tiñendo de rojo su túnica de viaje azul; el secretario exhaló un resoplido ensangrentado, mientras el dolor le forzaba a inclinarse sobre la testuz de su montura, antes de desplomarse con un golpe sordo a unos pasos de su señor.

Todo había ocurrido en apenas un minuto.

V

Cloelio miró a Aristarco, que había retrocedido con su caballo situándose sobre el cuerpo de Casio; alrededor todo era silencio, salvo por los resoplidos de los sudorosos equinos y el estertor agonizante de Higinio; ninguno de los jinetes había desenvainado, habiéndose detenido en el mismo orden en el que marchaban.

—Terminemos con esto —espetó Aristarco mientras desmontaba de un salto.

Cloelio también se apeó de su montura, uniéndose al decurión, que tiró del cadáver de Casio para girarlo y poder cortarle el cuello. Tras dos golpes infructuosos, perdió la paciencia y llamó a uno de sus jinetes:

—¡Celio, tu hacha!

El jinete sacó un hacha de la bolsa que colgaba de su caballo y se la tendió al decurión, que en tres cortes logró separar la cabeza, tendiéndosela a Cloelio.

—Aquí tienes, centurión —proclamó en voz alta el soldado sirio, para que sus jinetes pudieran oírle—; espero que Eugenio cumpla su parte y entregue el resto del oro, como acordamos.

—Así será —respondió Cloelio, que tomó la cabeza y la introdujo en la bolsa para la avena que colgaba de su silla, cuyo interior había sido cuidadosamente impermeabilizado.

Sin más trámite, el frumentario espoleó a su yegua y cabalgó de regreso a Antioquía, saludó al optio de la II Palestina sin apenas aflojar el paso y trotó hacia la casa de Eugenio sin que nadie lo detuviera. Después de dejar a la yegua al cuidado de uno de los esclavos del mercader, entró en el patio de la vivienda, donde Eugenio y su mayordomo miraron la bolsa.

—Hay que preparar la cabeza del traidor para su traslado, y necesito a la mayor brevedad la embarcación que te solicité —dijo Cloelio sin soltar la bolsa.

—Demetrio, tú te ocupas de la cabeza —ordenó el comerciante y, girándose hacia el frumentario, continuó—. Todo salió como lo planeaste, supongo.

—Sí, el usurpador y su liberto están muertos, y Aristarco cumplió su cometido, como estaba previsto: te sugiero que le pagues, pues no dudo que regresará de inmediato a reclamar su oro —le advirtió Cloelio.

—El oro está ya preparado, por supuesto; no tengo ninguna intención de despertar la ira de tan despiadado soldado —respondió Eugenio sin alterarse.

Cloelio asintió, antes de reiterar su petición:

—¿Cuándo estará listo el buque que necesito?

—Estoy esperando la confirmación, digno Antoniano; pero tengo fundadas esperanzas de que el capitán Fidias acceda a partir de inmediato con su nave Acaia, pues se le ha ofrecido una cantidad en oro imposible de rechazar —respondió Eugenio—. En todo caso, lo sabremos muy pronto; mientras, podéis descansar, y así tendremos tiempo de preparar la cabeza.

—Gracias, noble Eugenio. Sin vuestra ayuda, nada se hubiera logrado —añadió el frumentario.

—Ya os dije, centurión Antoniano, que serviría al auténtico augusto.

Cloelio asintió con la cabeza, dudando unos instantes antes de plantear la siguiente pregunta:

—¿Teméis que haya represalias?

El comerciante sonrió brevemente antes de contestar:

—Espero no equivocarme, pero ya os comenté que Casio tenía realmente muy pocos amigos: es muy posible que estalle la ira entre los legionarios de la III Gálica, pero confío en que el legado Aurelio sabrá calmarlos, pues no le conviene tomar otro camino, ya que se encontrará solo, sin apoyo del resto de legados, prefectos, tribunos o centuriones. Desde luego, los hijos de Casio, el prefecto egipcio Estaciano y el falso prefecto pretoriano Volusio serán ejecutados, pero apostaría a que el augusto Marco Aurelio no tomará represalias contra los jefes y legionarios que vuelvan a la obediencia bajo sus estandartes.

—El augusto sigue necesitando a todos sus soldados —apuntó Cloelio.

—Exacto, mi estimado centurión; no conviene, ni al emperador ni a Roma, comenzar una escabechina entre mandos y soldados veteranos, que son escasos, y que podría causar una resistencia mayor. Ni tampoco darle más importancia a esta rebelión, tan rápidamente abortada.

El frumentario asintió de nuevo, mientras sus pensamientos empezaban a centrarse en el viaje de retorno a Carnunto; Eugenio se levantó de su asiento:

—Bien, voy a ordenar que os sirvan algo de comer y a enviar un nuevo mensaje al capitán Fidias, para evitar más demoras —aclaró.

—Gracias; en Salona encontraré una escolta montada para regresar a Carnunto y presentar la cabeza del traidor al prefecto Rufo.

—Pues descansad ahora —propuso Eugenio.

Cloelio asintió, aunque, antes de sentarse en el jardín entoldado, fue a su cubículo y guardó sus escasas pertenencias en el baúl dejando fuera solamente una espada, el puñal y el manto. De regreso al jardín, el frumentario tomó un largo trago de agua y se reclinó en los cojines del asiento, donde los ojos se le cerraron en unos minutos.

VI

—Centurión.

Al sonido de la voz de Eugenio, Cloelio se despertó de inmediato, levantándose del asiento; junto al mercader se encontraban el mayordomo Demetrio y dos esclavos jóvenes, que cargaban con su baúl y una vasija forrada de cuero.

—Fidias confirma que su nave Acaia puede zarpar esta misma noche, pues el cielo es muy claro y el viento favorable. Es momento de partir, si estáis dispuesto.

—Por supuesto; os lo agradezco, noble Eugenio —respondió el frumentario—. ¿Alguna noticia de la ciudad?

—Todo en calma, de momento. Ya he pagado a Aristarco, que apareció apenas media hora después de tu llegada, acompañado de uno de sus oficiales. El decurión me comentó que había ordenado a sus jinetes esperar fuera de las murallas, después de arrojar los cadáveres de Casio y su liberto en una de las acequias cercanas al río Orontes, para ganar tiempo y poder marchar hacia el norte antes de que se conociese la noticia, evitando atravesar la ciudad y llamar la atención.

—No se podrá ocultar la muerte del usurpador durante mucho tiempo —respondió Cloelio.

—No, por eso Demetrio marchará mañana a primera hora al palacio, donde mi amigo Aulio avisará al cuestor Alejandro que un esclavo ha localizado dos cadáveres en una acequia, al sur de la ciudad, y que uno de ellos lleva las ropas del usurpador. Meciano, el hijo mayor de Casio, enviará a buscar los cuerpos y, cuando se asegure de la muerte de su padre, si sabe lo que le conviene, intentará escapar de Antioquía.

—También puede resistir dentro de la ciudad —objetó Cloelio.

Eugenio negó con la cabeza.

—Tiene bajo su mando solamente la I cohorte de la legión III Gálica, y dudo mucho que el legado Aurelio ponga a su disposición al resto de sus legionarios: Meciano no es Casio, centurión

Antoniano, ni tiene el carisma y los contactos necesarios. Supongo que partirá con su hermano Heliodoro y el falso prefecto del pretorio Volusio hacia Partia, para ponerse bajo la protección de Vologases, aunque dudo que el rey parto se arriesgue a provocar la ira de Marco Aurelio; o quizás marchen hacia Egipto, esperando la ayuda del prefecto Calvisio Estaciano —argumentó Eugenio—. No tiene muchas opciones, pues no puede ir al norte, donde Marcio Vero tiene el control, ni al sur, donde los legados de las legiones no le prestarán ayuda.

—¿Pensáis que Calvisio Estaciano se pondrá al frente de la rebelión? —preguntó el frumentario.

—Creo que no; lo más probable es que intente llegar a un acuerdo con Marco Aurelio, entregando a Meciano, Heliodoro y Volusio. Sin embargo, dudo que el Augusto acceda, pues Calvisio Estaciano es el único gobernante de alto rango que apoyó a Casio, y Egipto es demasiado importante, por lo que Marco Aurelio no querrá correr ningún riesgo. Lo más probable es que Meciano, Heliodoro, Volusio y Calvisio Estaciano sean ejecutados antes de que termine el año —comentó Eugenio.

Cloelio asintió, se llevó el puño al pecho saludando al comerciante y dijo:

—Nuevamente, os doy las gracias por vuestra ayuda, noble Eugenio. Pero ahora debo partir.

—De nuevo, os aseguro que era mi obligación; pero, es cierto, debéis marchar de inmediato al puerto de Seleucia Pieria —respondió el mercader, al tiempo que hacía una seña a sus sirvientes y se apartaba para dejar pasar a Cloelio.

Algunas horas después, mientras el sol se hundía en el azul Mediterráneo, un cansado y sudoroso Cloelio embarcaba en la nave Acaia, asegurándose de que su baúl y la pesada vasija revestida de cuero se estibaban en un pequeño cubículo asignado por el capitán Fidias; el fiel Demetrio pagó el oro acordado y, aunque no salieron al mar hasta poco antes del amanecer, muy pronto el viento de levante los alejó de la costa siriana.

VII

Cloelio y su escolta de jinetes germanos llegaron a las puertas de Carnunto, donde se identificaron en el control montado por los legionarios de la XIV Gémina; bajo la arcada, el frumentario se despidió de sus acompañantes, tomando la calzada que llevaba hasta el palacio, donde volvió a acreditarse ante los centinelas pretorianos y el centurión de guardia le indicó que dejase su montura y lo acompañara.

El frumentario cargaba con una pesada vasija envuelta en cuero, que el centurión miraba mientras marchaban por el pasillo:

—Así que tú has sido el ejecutor del usurpador —afirmó el centurión.

—No me está permitido hablar de mi misión, centurión —respondió Cloelio con calma.

El oficial asintió sonriendo y se detuvo ante un amplio cubículo, donde el prefecto del pretorio Rufo y el centurión Autronio esperaban de pie, junto a un anciano de porte distinguido y un esclavo. A una señal del prefecto, el centurión se marchó, dejando a Cloelio con sus superiores.

—¿Está ahí su cabeza? —preguntó Rufo, señalando la vasija.

—Sí, prefecto —respondió el frumentario.

Rufo miró al anciano, que se adelantó, mientras el sirviente recogía la vasija de manos de Cloelio, la depositaba en el suelo y raspaba la capa de cera que sellaba el recipiente; cuando logró abrirla, un intenso olor a vinagre inundó la estancia, y el esclavo tomó la cabeza de Casio por los cabellos chorreantes y se la enseñó al anciano.

—Es él, Cayo Avidio Casio, no hay duda —afirmó el anciano.

—Podéis tomar la cabeza y enterrarla, senador —respondió Rufo.

El anciano miró un momento a Cloelio y salió de la estancia sin decir palabra, seguido del sirviente, mientras Autronio se volvía hacia el frumentario:

—Muy buen trabajo, Marco Cloelio.

—Te felicito, pretoriano —añadió Rufo—; has cumplido con tu deber. Y ahora has de saber que no hablarás a nadie de esta misión. Para todos, el traidor Casio fue ejecutado por un centurión de la legión III Gálica llamado Antoniano.

—Como ordene, prefecto —respondió Cloelio, aunque sabía que muchos sospecharían de los frumentarios, y que tanto sus colaboradores en Siria como el personal del augusto no tendrían mucha dificultad en identificarlo.

—Puedes retirarte a descansar —ordenó Autronio.

Cloelio saludó, llevándose el puño al pecho, y salió de la estancia en dirección a su barracón, donde su compañero Numicio descansaba sentado en el catre.

—¿Cómo te ha ido tan lejos de aquí? —le preguntó al verlo.

—Bien; la misión está cumplida.

—Eso es bueno; y no te acomodes demasiado, pues esta mañana nos han comunicado que marchamos pronto a Oriente: regresarás al calor y a las mujeres hermosas.

Cloelio suspiró sonriendo y se tumbó en el catre, pensando que su misión podía calificarse de muchas maneras, pero, desde luego, no como secreta.

HIERRO Y FUEGO: FUNDO PORCIO, MESIA, INVIERNO DEL AÑO 180 d. C.

I

La noche había sido otra vez gélida e interminable; Cloelio apenas había pegado ojo, angustiado al pensar que el nuevo día traería consigo su ejecución y el destino infamante de sus restos, pues intuía que la Señora no se había tragado el cuento de su inesperada adhesión a los propósitos de Fuso.

Su mente febril había trazado diversos planes de fuga, aunque ninguno era realmente válido, teniendo en cuenta su debilidad y el gran número de sus enemigos; por muchas vueltas que le daba, ni siquiera intuía cómo escapar del gran edificio en el que estaba retenido desde su captura.

Los sonidos que venían del techo sobre su cabeza aumentaron de intensidad, a medida que el edificio se llenaba de bandidos; como en los días anteriores, el gigante Obas abrió el portón y lo obligó a salir sin miramientos.

En la sala había menos afluencia de la acostumbrada, y, alrededor de la mesa presidida por la Señora, solamente la acompañaban Maga, Edwina, Ulric, Soru y Fuso; la líder miró hacia Cloelio con cara de pocos amigos y conversó brevemente y en voz baja con el tribuno romano, que asintió antes de volverse hacia el frumentario.

Fuso estaba vestido con un grueso manto de viaje y parecía nervioso cuando comenzó a instruir a Cloelio:

—Partiremos hoy: tú vendrás conmigo, además de Tucio, Zaqueo y Aniceto, para ayudarnos a entrar en Sirmio. El centurión está deseando matarte, pretoriano, y el maestro de armas griego es un luchador muy superior al resto, por lo que no tienes posibilidad de traicionarnos; de hecho, la Señora no se fía de ti, y eso explica la presencia de Zaqueo.

Cloelio meneó la cabeza, asombrado.

—No parece un plan muy bien meditado, tribuno —respondió—; ¿vamos a lanzar esta banda contra la Guardia Pretoriana, la legión IV Flavia y las cohortes auxiliares de Sirmio?

—Solamente necesitamos entrar en la ciudad, causar la mayor confusión posible y, aprovechando el desconcierto, yo me ocuparé del resto: el augusto Marco Aurelio y su hijo Cómodo perecerán en el curso del ataque, facilitando a un grupo escogido de dirigentes romanos justos y comprometidos la elección de un nuevo augusto, acorde con el bien de Roma.

—Hay al menos dos cohortes pretorianas completas en Sirmio, que componen la escolta del augusto, reforzadas por las cohortes VI y VII de la legión IV Flavia, enviadas desde el campamento de Singiduno para guarnecer el perímetro de la ciudad; además, se acantonan en Sirmio el ala I Hispana y las cohortes auxiliares I Nórica Ecuestre, III de Bátavos y V Dálmata —insistió Cloelio—. Suman un millar de pretorianos, un número equivalente de legionarios y unos dos mil soldados auxiliares: no pasaremos de las puertas.

—No tenemos que llegar luchando al pretorio de Marco Aurelio, pretoriano; te repito que nos basta con llamar la atención. A medida que sea necesario, te iré poniendo al corriente de tus obligaciones en esta misión. Y ahora come algo, pues saldremos en un par de horas —ordenó Fuso, para enseguida salir del edificio.

Las instrucciones del tribuno seguían sin convencer a Cloelio. «Fuso debe tener aliados dentro del pretorio», pensó el frumentario; no había otra explicación, pues la mera idea de asaltar una posición tan fuerte como Sirmio con una banda de saqueadores, por muy crueles que fueran, se le antojaba un suicidio, a menos que el ataque buscara, simplemente, crear una distracción, como había afirmado el tribuno, facilitando a los conjurados el asesinato del augusto.

Cloelio se acercó a una mesa, donde tomó un poco de pan duro y algo de agua; mientras masticaba, miró hacia la Señora, que le devolvió la mirada con sus fríos ojos negros. «No se ha creído mi conversión», pensó el frumentario. De pie al lado de su líder, el corpulento Obas tampoco le quitaba el ojo de encima.

En ese momento, sonó en el exterior un fuerte grito, seguido de inmediato por más voces y el inconfundible sonido de un cuerno militar romano.

II

A la potente voz del cuerno se unieron los ecos de tubas y lituos, mientras los gritos aumentaban en número y confusión; la Señora ladró una orden y tanto Obas como Ulric corrieron hacia la puerta con sus espadas en la mano.

Cloelio, momentáneamente olvidado, comprendió que tenía una inesperada oportunidad y reaccionó corriendo hacia el desprevenido Soru, que intentó esgrimir una espada romana; pero el frumentario se anticipó, agarrándole con fuerza la mano derecha, con la que empuñaba el arma ,y estrellando su codo derecho contra la tráquea del guerrero.

El sardo se contrajo de dolor y Cloelio, sujetando aún con la izquierda la mano derecha de su oponente, le cogió el largo puñal que colgaba del cinturón, clavándoselo con fuerza en el costado y retorciendo la hoja de un lado a otro, hasta que Soru se desplomó con un grito de dolor.

Cloelio recogió la espada del guerrero y se giró justo a tiempo para esquivar la acometida de Maga, que lo atacó con un hacha al tiempo que lo insultaba; el frumentario volvió a sortear un nuevo golpe y respondió con un tajo lateral a la mano de la mujer seccionándole dos dedos y obligándolo a soltar el hacha, y, sin dudar, le clavó la punta de la espada en el pecho, abriéndose paso entre dos costillas y atravesándole el corazón.

Mientras la sacerdotisa sármata lo atacaba, la Señora y Edwina aprovecharon para retroceder hacia el fondo de la gran sala; Cloelio alzó la vista a tiempo de ver cómo las dos mujeres salían por una abertura en la pared disimulada detrás de unos sacos. «¡No puede escaparse!», pensó el frumentario corriendo tras ellas.

Cloelio alcanzó la puerta oculta y salió a la débil luz de invierno, incorporándose al caos originado por los bandoleros, mujeres y niños que corrían de un lado a otro, totalmente confusos y sin nadie que los liderara; el frumentario se detuvo un momento para orientarse, deduciendo que estaba en la parte oriental del fundo al vislumbrar el sol naciente, entreverado por un tapiz de nubes grises.

Frente a Cloelio se alzaba un granero de considerables dimensiones, y, junto al edificio, el frumentario distinguió dos figuras femeninas, que corrían hacia la empalizada del fundo, situada a unos cincuenta pasos del granero.

Cloelio echó a correr por la nieve endurecida, respirando con dificultad y maldiciendo su debilidad; en el camino, se cruzó con un bandido que amagó un ataque con una espada corta, aunque el frumentario se apartó y el saqueador retrocedió de inmediato, acercándose a una mujer que se refugiaba junto al granero con dos niños muy asustados.

Las tubas, cuernos y lituos seguían sonando, alzándose sobre el retumbar de las órdenes proferidas en voz alta, los gritos propios del combate y el ocasional entrechocar metálico de las armas. «Es una fuerza bastante grande», pensó Cloelio mientras terminaba de rodear el granero para quedar frente al lado oriental de la empalizada, justo a tiempo para observar como la Señora y Edwina salían por una puerta entreabierta.

Cloelio aceleró su carrera, ignorando el dolor lacerante de su pecho al aspirar el aire gélido, llegó a la puerta y la cruzó, encontrándose con un extenso llano nevado a su frente y un tupido bosque a su derecha. Las dos mujeres corrían hacia los árboles, intentando ocultarse en la floresta.

El frumentario las persiguió lo más velozmente que pudo, corriendo en paralelo a la empalizada oriental, hasta que esta terminó, permitiéndole ver el lado exterior meridional del fundo, donde una fuerza numerosa de soldados auxiliares romanos atacaba sin contemplaciones a los desorganizados bandidos, atravesándolos con sus lanzas y rematándolos con las espadas.

Sin detenerse, Cloelio se introdujo en el bosque siguiendo las pisadas recientes en la nieve y atravesando un arroyo helado que serpenteaba entre los árboles; justo delante pudo ver nuevamente a las dos mujeres, y, en ese momento, Edwina se giró, lo descubrió y alertó a la Señora con un grito.

Intentando ignorar el dolor punzante de sus pulmones, Cloelio corrió los últimos pasos que las separaban de las dos mujeres; Edwina se había vuelto hacia él con una larga daga en la mano, y el frumentario se obligó a detenerse, midió la distancia con su oponente, fintó dos veces simulando un ataque alto en dirección al cuello y, cuando la germana levantó el puñal para cubrirse, la acuchilló con fuerza justo en el vientre, giró de izquierda a derecha la espada y la extrajo con un tirón.

La curandera gimió y se llevó la mano libre al abdomen, tratando de contener el borbotón carmesí; al hacerlo, involuntariamente bajó la guardia, y Cloelio lanzó una segunda estocada al cuello, penetrando profundamente la carne y sajándole la arteria carótida.

—¡¡Cerdo romano, ojalá te hubiera despedazado yo misma!!

Cloelio no respondió al grito de la Señora: rodeando a Edwina, que había caído de rodillas, se enfrentó a la mirada furiosa de la egipcia, cuyos ojos negros semejaban dos pozos amenazantes.

—¿¿A qué esperas, cobarde?? ¡¡Cumple la misión que el viejo enfermo y débil te encomendó!!

La Señora le escupió en la cara, su gesto se descompuso en un rictus horrible y lo maldijo:

—¡¡Lacayo cobarde, perro!! ¡¡Morirás aullando, pero nada te aliviará!!

Sin reflexionar, Cloelio dio un paso adelante, sujetó con la mano izquierda el hombro derecho de la Señora y clavó con todas sus fuerzas la espada en el corazón de la mujer, que soltó el aire con un estertor final, antes de desplomarse en el suelo.

Temblando, con las fuerzas justas para no desplomarse, Cloelio cayó en la cuenta de que debió haberla apresado en lugar de ejecutarla, para poder sonsacarle más información. «Ella misma me ha ordenado que la mate», comprendió de pronto el frumentario, mientras trataba de recuperar el resuello. «Y yo he obedecido sin pensarlo».

En ese momento, oyó una voz en latín, y, cuando se volvía, una jabalina lo golpeó con fuerza en el brazo derecho, sin llegar a clavarse, pero haciéndole soltar la espada.

Frente al frumentario, dos auxiliares marchaban hacia él esgrimiendo las espadas, decididos a rematarlo.

—¡¡Alto!! ¡¡Soy el pretoriano Marco Cloelio!! ¡¡Estoy de vuestra parte!! —gritó Cloelio.

Los soldados dudaron un momento, miraron los cadáveres de las mujeres y siguieron acercándose. Cloelio vio el emblema de la cohorte III de Bátavos en sus escudos y lanzó su último dado:

—¡¡Preguntad al prefecto Poncio, vuestro comandante!! ¡¡Él os dirá quién soy!!

Al oírlo, los dos soldados se detuvieron, aunque aún parecían muy desconfiados.

—¡Quédate quieto, o seas quien seas te mato! —le advirtió el más alto de los dos.

Cloelio, aliviado, asintió con la cabeza.

III

El infante auxiliar más alto recogió del suelo la espada de Cloelio y, tras echar una última mirada a los cuerpos de las mujeres, escoltó al frumentario de regreso al fundo.

Alrededor de la empalizada se habían desplegado un gran número de infantes de la cohorte III de Bátavos, mientras un destacamento de jinetes romanos batía los alrededores, persiguiendo fugitivos; en el interior del fundo, algunos edificios estaban ya ardiendo, y las columnas de humo ennegrecían el cielo nublado y grisáceo.

Cloelio vio como algunos infantes auxiliares remataban a los hombres heridos y hurgaban entre sus ropas, buscando algo de valor; otros habían agrupado junto a la linde del bosque a un grupo de mujeres y niños, obligándolos a sentarse en el suelo helado. No era piedad lo que los impulsaba a perdonarles la vida, sino su valor en el mercado de esclavos, que formaría parte del botín de la incursión.

El infante bátavo que lo escoltaba señaló a un oficial a caballo:

—Allí está nuestro prefecto —le dijo, empujándolo sin miramientos en su dirección.

Cloelio conocía de vista a Sexto Poncio, prefecto de la cohorte III de Bátavos, como a todos los mandos militares que rodeaban al augusto. Así que se plantó ante el oficial, se cuadró como pudo y comenzó su informe:

—Se presenta el pretoriano Marco Cloelio, enviado en misión de exploración. Debo informarle, prefecto, que hay varios líderes entre estos saqueadores que conviene capturar con vida, entre ellos el tribuno Espurio Fuso y el centurión Sergio Tucio, que se han unido a los bandidos traicionando al augusto —informó el frumentario.

El prefecto Poncio, un veterano oficial con el rostro surcado de cicatrices, corpulento y destilando autoridad, miró fijamente a Cloelio desde lo alto de su caballo; el frumentario intuía que su aspecto no debía ser muy marcial, con la nariz rota, el brazo chorreando sangre y la ropa manchada.

—El prefecto Apio Calidio está al mando de este destacamento, así que tendrás que informarle a él —respondió con calma el oficial—. No conozco a ningún tribuno Fuso, y mis órdenes son muy claras: todos los hombres en edad militar serán pasados por las armas, sin excepción alguna. Las mujeres y los niños serán capturados para su venta, pero solamente si se rinden de inmediato; en otro caso, serán ejecutados.

Cloelio insistió:

—Con el debido respeto, prefecto, es muy importante que interroguemos a los jefes de estos saqueadores...

—Frumentario Cloelio, estoy al tanto de tu misión, pero cumplo órdenes directas del prefecto del pretorio Tiginio Perenne; si tienes algo más que decir, será al prefecto Calidio —le interrumpió Poncio.

Cloelio se resignó:

—Así lo haré, prefecto. ¿Dónde puedo encontrar al prefecto Calidio? —preguntó.

—Yo buscaría dentro de la empalizada —respondió el oficial, con cierta impaciencia—. ¿Alguna pregunta más, pretoriano?

—Mis disculpas, prefecto —contestó Cloelio.

Poncio taloneó en los flancos de su caballo y se acercó a un centurión, al que instruyó brevemente, antes de que este saludase llevándose el puño al pecho y empezara a gritar órdenes a los infantes bátavos. Cloelio observó como la cohorte auxiliar había asegurado ambos lados, meridional y oriental, continuando con su sangrienta tarea de rematar a todos los hombres y capturar al resto.

El frumentario se dio la vuelta, caminando entre los recelosos infantes bátavos, y entró al fundo por la puerta meridional; aunque el sonido del combate se iba extinguiendo, aún resonaban gritos y maldiciones. Dentro del perímetro cercado, había muchos más cadáveres: el frumentario se apartó para dejar pasar a un par de jinetes armados con jabalinas, que trotaban entre los cuerpos salpicando con sus cascos la nieve teñida de rosa.

Al llegar junto al gran edificio en el que había estado encerrado, Cloelio observó a un centurión que hablaba con un prefecto montado a caballo; un infante auxiliar se giró hacia el frumentario y comenzó a acercarse con gesto amenazante, al tiempo que un jinete detenía su montura empuñando una jabalina.

—Soy Marco Cloelio, pretoriano del augusto Marco Aurelio —se identificó rápidamente el frumentario.

El centurión detuvo con un gesto a los auxiliares, cuyos escudos mostraban el emblema de la cohorte I Nórica Ecuestre; el frumentario se acercó un poco más al prefecto, se cuadró y comenzó su informe:

—Prefecto Calidio, soy el pretoriano Marco Cloelio, al frente de una misión de exploración de la que formaba parte el decurión Rubelio y una turma del ala I Hispana —anunció el frumentario—; fui capturado hace cinco noches, y puedo identificar a los líderes de la banda para su captura e interrogatorio.

El prefecto Apio Calidio miró a Cloelio con cierto desprecio antes de responder:

—Todos los saqueadores varones serán ejecutados, por lo que no veo la necesidad de apresarlos.

—Con todo respeto, prefecto; había una mujer al frente de la banda, y resultaría conveniente interrogar a los desertores romanos, el tribuno Espurio Fuso y el centurión Sergio Tucio, además de una prostituta de Sirmio, de nombre Olinta.

Calidio, imponente con su armadura, el manto blanco ribeteado de piel y un casco adornado por un largo penacho, negó con la cabeza.

—Frumentario, mis órdenes proceden del prefecto del pretorio, tu superior; veo que estás herido, y, como fallaste en tu misión y te dejaste capturar, la rabia y el deseo de reparar tu falta hablan por ti. No se capturará a ningún varón en edad de pelear, solamente a los niños pequeños y también a las mujeres jóvenes que no ofrezcan resistencia. Todos los demás pagarán con su vida sus crímenes.

Cloelio asintió:

—Cumpliré mis órdenes, prefecto; pero fui enviado para explorar e informar, y por ello debo avisaros de los jefes de los saqueadores que he identificado en mi cautiverio, para proceder a su captura e interrogatorio.

Una mueca de enfado cruzó el rostro de Calidio al preguntar:

—¿Dónde está la mujer que según tú lideraba a los saqueadores?

—La he matado, prefecto, aprovechando la confusión causada por vuestro ataque —respondió Cloelio—; pero es esencial capturar a Fuso y Tucio, para descubrir a sus posibles cómplices en Sirmio.

—No estoy aquí para obedecer las órdenes de un simple soldado que ha fracasado en su tarea; no conozco a ese tal Fuso, si es que existe. En realidad, es posible que tú fueras realmente compinche de los bandidos, ya que de otro modo te hubieran matado —respondió el prefecto, mientras el centurión que estaba a su lado ponía la mano sobre la espada.

«Es posible que Calidio forme parte de la conspiración», pensó de pronto Cloelio, advirtiendo que estaba corriendo un gran riesgo, pues el propio Fuso había reconocido que esperaba ayuda dentro de Sirmio. Era el momento de retirarse.

—Estoy a sus órdenes, prefecto —respondió Cloelio, cuadrándose y llevándose el puño derecho al pecho, pese al pinchazo doloroso de su brazo herido.

Calidio permaneció en silencio durante un tiempo, sin apartar los ojos del frumentario, que permanecía en posición de firmes con la mirada situada ligeramente por encima de la cabeza del prefecto; finalmente, el oficial ordenó al centurión:

—Que le curen ese brazo, tendrá que llegar vivo a Sirmio para responder ante el prefecto del pretorio; y envía alguien a recabar informes de los centuriones Seyo y Titurio.

—Así se hará, prefecto —saludó el centurión, retirando la mano del pomo de la espada y volviéndose a un infante para ordenarle que acompañase a Cloelio a visitar al médico del destacamento.

IV

—Listo —proclamó el médico cuando hubo terminado—; te molestará bastante durante algunos días, pero el daño en el músculo no es demasiado importante y no llegó a tocar el hueso. Cámbiate el vendaje todos los días. La herida de la cabeza no se ha infectado, por lo que debe mejorar en poco tiempo, pues parece que tienes el cráneo duro. Y, en cuanto a tu nariz, aguanta un momento.

El galeno palpó con cuidado la nariz de Cloelio, colocó ambas manos sobre la fractura y, con un movimiento rápido, empujó el tabique a su sitio; el frumentario cerró los ojos ante el estallido de dolor, aunque consiguió no quejarse, y el médico le palmeó el brazo sano.

—Descansa lo que puedas y no te toques la nariz en unos días —le dijo.

Cloelio agradeció al médico su trabajo y se incorporó del tocón en el que estaba sentado, en medio del campamento provisional montado por los acemileros de la columna militar. Levemente mareado por la pérdida de sangre y el dolor, el frumentario permaneció en pie un largo minuto, observando las mulas agrupadas junto a un bosquecillo bajo la vigilancia de un puñado de infantes auxiliares. Además de las acémilas de las cohortes I Nórica Ecuestre y III de Bátavos, había algunos animales marcados con el símbolo de la legión IV Flavia. «Al menos una de las dos cohortes de guardia en Sirmio se ha sumado a la fuerza; no habrán querido correr riesgos», pensó Cloelio.

—Me alegra verte vivo.

La voz del germano Gilberto lo sacó de sus pensamientos; el frumentario se volvió hacia el germano y asintió.

—A mí no me sorprende verte —respondió Cloelio—: huiste al galope durante el combate.

—Os advertí a ti y a Rubelio que no debíamos acampar tan cerca; fue vuestra terquedad lo que nos puso en peligro.

Cloelio asintió con la cabeza, pues sabía que el germano tenía razón.

—En todo caso, fue una suerte que escaparas, pues supongo que fuiste a buscar ayuda —contestó el frumentario—. Pero me sorprende que llegaran tan rápido hasta aquí.

—Ya estaban en camino: de hecho, antes de llegar a Ad Drina, me topé con los jinetes de la avanzadilla, y me costó un tiempo convencerlos de que no era uno de los saqueadores. Pero me llevaron ante sus oficiales y, como el duoviro Tiginio estaba con ellos, conservé la vida y los pude guiar hasta aquí —explicó Gilberto.

—¿Ya estaban en Ad Drina? —preguntó Cloelio.

—Sí; por lo que pude oír, habían salido solamente un día después de vuestra partida de Sirmio: dos cohortes de la legión IV Flavia, los jinetes e infantes de la cohorte I Nórica Ecuestre y los infantes de la cohorte III de Bátavos —respondió el germano.

Cloelio asintió con la cabeza, mientras en su mente encajaba todo: «Nos enviaron simplemente como cebo para provocar a la banda», pensó; los oficiales de Marco Aurelio los habían sacrificado a él, a Rubelio y a sus hombres para hacer salir a la Hermandad de su escondrijo y lanzar sobre ella una fuerza muy potente, garantizándose su aniquilación. Tan poderosa era la columna encargada realmente de la destrucción de los saqueadores que en Sirmio solamente habían quedado las dos cohortes pretorianas de la guardia de Marco Aurelio y la cohorte auxiliar V Dálmata.

Los acontecimientos, desengaños y secuelas de las misiones desempeñadas en el pasado habían convertido a Cloelio en un cínico, que nada esperaba de sus oficiales y del augusto, preocupándose solamente de cumplir las tareas que se le encomendaban; ello había acabado con sus escrúpulos y lo había endurecido, convirtiéndolo en un valioso frumentario. Pero la certeza de que lo habían sacrificado sin dudarlo, sin ningún reconocimiento a su valía, lo golpeó más duramente que los puñetazos del nubio Obas. Por primera vez, Cloelio pensó en el retiro, en una vida tranquila alejada del pretorio y de las maquinaciones de la política imperial.

Gilberto, que observaba con atención al herido y demacrado pretoriano, decidió continuar con su relato:

—Nos ayudó mucho un golpe de suerte: me adelanté con un decurión y dos turmas de la cohorte I Nórica Ecuestre a explorar el camino, y logramos sorprender descuidados en Molaris a un grupo de saqueadores, con un líder sármata al frente.

—Medar —indicó Cloelio.

—No sé cómo se llamaba —replicó Gilberto—. Pero se habían refugiado del frío, como nosotros antes; los centinelas estaban descuidados y un caballo relinchó, lo que nos permitió sorprenderlos y matarlos a todos. Son buenos guerreros los jinetes nóricos.

—Y tú ya suponías que los saqueadores estaban aquí, en Porcio.

—O en Alveo; pero nos aseguramos interrogando a un par de bandidos heridos, antes de degollarlos. E, incluso habiendo acabado con los exploradores del enemigo, no fue tarea fácil llegar con una columna tan grande y marchar toda una jornada sin ser descubiertos, así que acampamos a cierta distancia y partimos esta madrugada, aprovechando la luz de la luna y el cielo despejado.

—El ataque fue una completa sorpresa, eso lo pude comprobar yo mismo —recordó Cloelio.

—El prefecto Calidio ordenó que las dos cohortes de la legión IV Flavia atacasen de frente la puerta de la empalizada oeste, mientras la cohorte III de Bátavos rodeaba el fundo por el lado sur y la cohorte I Nórica Ecuestre aseguraba el norte e impedía que los saqueadores escapasen hacia el este —continuó explicando el germano—. Un asalto bien ejecutado, sin duda.

Los ojos de Gilberto brillaban mientras describía el combate, abandonando por una vez su fría indiferencia y mostrando el corazón del guerrero germano que latía dentro de su pecho. A su pesar, Cloelio sonrió.

—Te ha causado bastante alegría nuestra victoria.

—Esta tierra volverá a la seguridad —contestó Gilberto, volviendo a mostrar su normal rostro impasible—. Y yo cazaré más tranquilo —añadió.

—A muchos les aliviará la destrucción de la Hermandad —respondió Cloelio, aunque no compartió con el germano sus sospechas acerca de la necesidad que tenían algunos notables romanos de la destrucción completa de la banda, antes de que pudieran llegar hasta el augusto algo más que meros rumores de conspiraciones.

—¿La Hermandad?

—Ese es el nombre que se dieron a sí mismos, posiblemente por decisión de la Señora —explicó Cloelio.

—¿Los lideraba una mujer? —siguió preguntando sorprendido Gilberto.

—Sí; pero yo la maté aprovechando el ataque.

Gilberto asintió.

—En mi pueblo, las mujeres luchan, desde luego; pero mujeres liderando a los guerreros solamente lo había escuchado de algunos clanes sármatas.

Cloelio asintió con la cabeza, pero no quería seguir hablando sobre la Hermandad y, además, necesitaba comprobar algo.

—Parece que la batalla ha terminado; acompáñame al fundo —le dijo al germano.

Gilberto lo miró con curiosidad, pero se levantó y juntos marcharon hacia las construcciones en llamas.

V

Cloelio y Gilberto entraron de nuevo al fundo por la puerta oeste; allí la resistencia había sido feroz, pues un gran número de cadáveres se acumulaban en el espacio abierto situado entre la entrada, una amplia vivienda que se alzaba a la derecha y la gran sala donde el frumentario estuvo recluido.

Aunque la mayoría de los cuerpos pertenecían a los saqueadores de la Hermandad, también vieron una decena de legionarios caídos, en cuyos escudos destacaba el símbolo de la legión IV Flavia, un león en posición de salto.

Uno de los legionarios había tomado una lanza y la clavó fuertemente en el suelo nevado, utilizando el regatón; en el otro extremo del arma, la moharra atravesaba una cabeza grande, oscura y ensangrentada.

—Perro, hijo de una cerda —exclamó un legionario, escupiendo hacia el macabro trofeo.

Pese a las heridas, Cloelio reconoció los rasgos de Obas, descubriendo el resto de su martirizado cuerpo a unos pasos de la lanza, junto a los cadáveres de dos legionarios que sus compañeros se ocupaban en ese momento de recuperar. El frumentario se acercó, comprobando que los despojos del germano Ulric se hallaban no lejos de su camarada nubio, entre otros dos cadáveres enemigos.

—¿Quién eres? —le preguntó desconfiado uno de los legionarios, soltando el cuerpo de su compañero abatido y llevando su mano derecha a la empuñadura de la espada.

—Pretoriano Marco Cloelio —respondió el frumentario—; voy a revisar los cuerpos de los enemigos.

—¿Para qué? —insistió desconfiado el legionario.

—Porque esa es mi tarea, legionario; consulta con tus superiores —replicó Cloelio, dando la espalda al soldado.

Haciendo caso omiso de la mirada desconfiada del legionario, Cloelio continuó su inspección acercándose al gran edificio donde estuvo preso, que ahora ardía furiosamente; alrededor de su puerta principal había una veintena de cadáveres entre hombres y mujeres, pero no vio a los romanos Fuso y Tucio entre los muertos. En ese momento, Gilberto le hizo una seña:

—Ese es el centurión al mando de los legionarios —le advirtió Gilberto, señalando a un oficial que impartía instrucciones frente a la vivienda situada a su derecha.

Cloelio distinguió a Lucio Seyo, centurión pilus prior de la cohorte VI de la legión IV Flavia, y, por tanto, superior del centurión Sexto Titurio, su equivalente en la cohorte VII de la misma legión. El oficial señalaba a la vivienda, que por su tamaño debió ser la domus del propietario del fundo, y único edificio que todavía no estaba ardiendo.

El frumentario tomó la dirección opuesta al centurión Seyo, rodeando el edificio comunal en llamas, y se acercó a la empalizada norte del fundo; al pasar junto a los establos incendiados, encontró cada vez más cadáveres, y, al llegar a la puerta norte, los cuerpos se contaban por docenas.

Cloelio caminó entre los muertos, superando los establos y dejando a la derecha las viviendas más humildes, que también empezaban a arder. «Han intentado escapar por la puerta norte, y se dieron de frente con la cohorte I Nórica Ecuestre», pensó el frumentario, al ver que la mayoría de los cuerpos eran de mujeres y niños.

Durante un rato, buscó entre los cuerpos, hasta que vio una figura corpulenta y equipada con armadura apoyada contra la empalizada, justo a la derecha de la puerta norte.

Cloelio se acercó, identificando al centurión Tucio, cuya cota estaba desgarrada y ensangrentada, dejando ver el cuero en aquellos puntos donde las hojas de las espadas nóricas habían arrancado las brillantes escamas, dispersándolas por la nieve teñida de sangre.

A la izquierda del centurión, parcialmente cubierto por el escudo destrozado del oficial, Cloelio encontró el cadáver de Olinta: los bellos ojos verdes estaban abiertos, mirando, sin verlo, al cielo entoldado por el grasiento humo, y entre las pieles aceitadas de sangre se insinuaban dos profundas heridas entre los generosos pechos, grietas carmesís por donde se había escapado el latido y la vida de la hermosa muchacha.

Cloelio no era capaz de sentir lástima por Tucio, que había entregado a sus camaradas al enemigo para conseguir a Olinta; pero la visión de la muchacha acuchillada le causó una fuerte impresión, aumentando la desazón que le causaba la visión de tantas mujeres y niños muertos. «Aunque sea un acto sacrílego comer carne humana, son mujeres y niños, por Júpiter Óptimo Máximo», refunfuñó entre dientes el frumentario. «Y Fuso no aparece por ninguna parte».

—¿Has encontrado lo que venías a buscar? —le preguntó Gilberto, interrumpiendo sus pensamientos.

—No a todos —respondió Cloelio.

Al levantar la mirada, el frumentario advirtió que los ojos grises de Gilberto, normalmente impasibles, estaban velados por la furia de ver a las mujeres y a los niños masacrados. En ese momento, sonó un horrible grito infantil dentro de las casas en llamas. «Un niño había logrado esconderse de los nóricos, y ahora no podía escapar del fuego», pensó el frumentario.

—Vámonos de aquí —le dijo Cloelio a Gilberto, que lo acompañó sin decir palabra, su rostro barbado contraído por la furia.

VI

A los hombres de Calidio los llevó todo el día recoger el botín, atender a los heridos y quemar los restos de los legionarios y auxiliares muertos en una gran fosa cavada junto al bosque y rellena de la madera que encontraron en el fundo; el único centurión muerto, perteneciente a la cohorte legionaria VI, fue incinerado en una pira separada para recuperar sus cenizas y entregárselas a su familia.

Los cadáveres de los enemigos quedaron a merced de los cuervos y lobos, y las mujeres y niños presos fueron separados y organizados en un grupo lastimoso y aterido vigilado por los infantes bátavos; pese a las órdenes estrictas del prefecto Poncio, varias mujeres fueron sacadas del grupo y violadas durante la noche, aprovechando la confusión propia del campamento improvisado.

Con la primera luz del día, el prefecto Calidio dio la orden de levantar el campamento y organizar la columna de marcha; precedidos por una turma de jinetes nóricos, los legionarios de la cohorte VI marcharon en vanguardia, acompañando a Calidio y Seyo, junto con los portaestandartes legionarios y auxiliares. A continuación, marchaba la cohorte VII de Titurio, justo delante del tren de mulas y los presos, vigilados por los bátavos de Poncio; cerraban la columna los infantes y el resto de jinetes de la cohorte I Nórica Ecuestre.

Cloelio y Gilberto cabalgaban justo por delante del tren de mulas; el frumentario había obtenido un caballo después de un breve interrogatorio matinal por parte de Calidio, acompañado por Poncio, Seyo y Titurio, reunidos en consejo de oficiales.

Cloelio había comprendido que no esperaban encontrarlo vivo, y la expresión de Calidio y Seyo era especialmente inquietante, obligando al frumentario a mantener la prudencia en sus respuestas:

—¿Encontraste a los líderes de los bandidos, pretoriano? —le preguntó Calidio.

—Sí, prefecto.

—¿Todos muertos?

—Todos: el nubio Obas, el germano Ulric y el centurión Tucio; al sardo Soru y a la Señora los maté yo, aprovechando la confusión provocada por vuestro ataque, prefecto —respondió Cloelio, obviando a Fuso y a los griegos Aniceto y Zaqueo.

—¿Nadie más, pretoriano? —intervino el centurión Seyo, mirándolo fijamente. Era el más joven de los cuatro oficiales al mando, pero su porte y la valiosa coraza que lucía indicaban la categoría de su familia, una estirpe ecuestre de acaudalados recaudadores de impuestos.

—Nadie que yo sepa, centurión.

Calidio y Seyo se miraron por un momento, sin comentar nada; Cloelio recordaba haber hablado del tribuno Fuso al prefecto Poncio, pero el veterano oficial al mando de la cohorte III de Bátavos no parecía especialmente interesado en el interrogatorio, al igual que el centurión Titurio, un corpulento veterano bajo de estatura, pero tan ancho como alto, que tenía la apariencia de haber ascendido desde la tropa, al contrario que el ecuestre Seyo. «Los verdaderos soldados, Poncio y Titurio, tienen otras preocupaciones muy diferentes a los ambiciosos Calidio y Seyo», razonó el frumentario para sí.

—Muy bien, pretoriano; te presentarás ante el centurión Autronio para informarle en Sirmio. Puedes retirarte —decidió Calidio.

Ahora, montado sobre un escuálido caballo cedido por los nóricos, Cloelio seguía reflexionando sobre su misión, sin que el taciturno Gilberto interrumpiera sus pensamientos. No tenía claro si

Calidio y Seyo eran parte de la conspiración y habían facilitado la huida de Fuso, o, por el contrario, lo habían localizado y ejecutado, escondiendo su cuerpo para evitar preguntas. O quizás no estaban al tanto, pero habían recibido la orden directa de aniquilar a toda la Hermandad y se limitaban a cumplirla como buenos soldados romanos. «No lo sé, y si hubiera debido saberlo me lo habría contado el centurión Autronio», pensó el frumentario, estremeciéndose ante una punzada de dolor que le recorrió el brazo herido.

Cuando llegaron a Ad Drina tres días más tarde, Cloelio ardía de fiebre, pero se negó a quedarse en la población, aparentando una mayor fortaleza de la que sentía, pues prefería regresar a Sirmio y olvidar esta maldita misión. Se despidió de Tigidio y Gilberto, ocupando su lugar junto a los bagajes en la columna que regresaba a Sirmio y concentrándose en no desplomarse sobre la nieve.

Los tres días siguientes fueron una pesadilla para el frumentario, que se sostenía a duras penas sobre su caballo y deliraba entre sueños inquietos en las gélidas noches.

VII

La columna llegó a Sirmio quince días antes de las calendas de abril; el prefecto Calidio se sorprendió ante la evidente agitación de los centinelas y la inusual presencia de curiosos en la vía decumana de Sirmio.

—¿Qué está sucediendo? —preguntó el oficial, alzando la voz y mirando hacia el optio situado bajo el dintel— ¡¡Optio!! ¿Qué sucede aquí? ¿Qué es este desorden?

El infante miró al oficial, erguido sobre su caballo precediendo a los estandartes, y, cuadrándose, respondió al momento:

—¡El augusto Marco Aurelio ha fallecido, prefecto! ¡La epidemia se ha llevado a nuestro emperador, y ahora el augusto Lucio Aurelio Cómodo está al mando del ejército!— respondió el optio.

Calidio asintió con la cabeza y se volvió hacia el prefecto Poncio, que se había reunido con el grupo de mando al frente de la columna:

—Poncio, tienes el mando —ordenó, partiendo al trote hacia el interior de la ciudad, acompañado del centurión Seyo.

El prefecto Poncio miró al centurión Titurio, que se encogió de hombros y sentenció:

—Bueno, ahora seremos un poco más ricos, y Júpiter Óptimo Máximo velará por nuestro emperador Marco Aurelio. Supongo que pronto tendremos nuevas órdenes.

Mientras el veterano centurión intentaba calcular el donativo con el que el nuevo emperador se ganaría el afecto de las legiones, la noticia se extendió por toda la columna llegando hasta Cloelio, que se mantenía a duras penas sobre su caballo; el frumentario se despidió del centurión a cargo de la escolta del bagaje y trotó hacia los establos de la Guardia Pretoriana, dejando la montura al cuidado de los sirvientes para arrastrarse hasta la enfermería, donde le cambiaron los vendajes y le examinaron la cabeza y el brazo.

Al despedirse del médico pretoriano, Cloelio solamente pensaba en descansar; dormir para olvidar la epidemia que se había llevado la vida del augusto, los devoradores de cadáveres, el traidor Fuso, el usurpador Casio y, sobre todo, olvidarla a ella, sus ojos negros, su altanería desdeñosa, su voz perturbadora. Dormir durante horas, o quizás días.

Más tarde, Cloelio se incorporó del catre sudando, intentando contener el aullido que le surgía de las entrañas mientras se palpaba el brazo herido, cerciorándose de que aún estaba pegado a su cuerpo. Durante unos minutos angustiosos, no logró desprenderse de la pesadilla, buscando en las sombras a quienes lo despedazaban para alimentarse con su carne aún viva. Finalmente, el frumentario apoyó de nuevo la cabeza, confuso y febril, sin lograr conciliar nuevamente el sueño: «Mañana tendré que presentarme ante Autronio e informarle de todo», pensó con inquietud, pues no tenía claro si el centurión a cargo de los frumentarios estaba o no implicado en la conspiración.

Fuera, los pretorianos, legionarios y auxiliares se congregaban alrededor de las hogueras, brindando en memoria del emperador

Marco Aurelio y por la mayor gloria de su hijo Cómodo, llenando el aire frío y estrellado de Sirmio con sus aclamaciones.

VIII

Cloelio logró dormirse cuando casi amanecía, y no despertó hasta el mediodía; el frumentario se levantó temblando, se acicaló como mejor pudo y acudió a la enfermería, donde le volvieron a cambiar el vendaje y le revisaron la nariz.

—Te quedará algo torcida, pero nada que espante a las mujeres siendo un héroe pretoriano —le comentó en tono jocoso el médico, cuyo aliento delataba el exceso de vino consumido en la noche anterior.

Cloelio forzó una cansada sonrisa como respuesta y se encaminó a las dependencias del centurión Autronio para informar. La actividad en el cuartel pretoriano era incesante, y por las caras felices y las sonoras bromas de sus compañeros el frumentario entendió que esperaban recibir una suculenta prima del nuevo augusto Cómodo, como era la costumbre.

Un escribiente le informó que Autronio no se encontraba en las dependencias y que no sabía cuándo retornaría; Cloelio le rogó que lo avisara cuando el centurión regresara y se volvió a su alojamiento.

Durante los tres días siguientes, se repitió la rutina: Cloelio acudía a la enfermería y le cambiaban el vendaje antes de marchar a las dependencias de Autronio, donde el escribiente le aseguraba que había comunicado su recado al centurión, pero que este aún no podía recibirlo.

La inquietud del frumentario iba en aumento mientras buscaba una explicación al aparente desinterés de Autronio por recibir su informe. En el mejor de los casos, podía ser, sencillamente, que el centurión estuviese demasiado ocupado con sus deberes en un cambio de gobernante; pero Cloelio había aprendido a desconfiar, y tanto la rotunda confianza del traidor Fuso en los apoyos que recibiría dentro de Sirmio para atacar al anterior augusto como la negativa del prefecto Calidio a detener a los traidores romanos habían despertado sus recelos.

Aunque Cloelio se resistía a sospechar que el veterano Autronio estuviese implicado en una conspiración contra el fallecido Marco Aurelio, también cabía la posibilidad de que hubiese recibido órdenes de alguno de los conspiradores más importantes para silenciarlo. «Esto es absurdo, si Autronio hubiera recibido la orden de matarme, lo habría hecho ya, sin demora», pensó el frumentario mientras regresaba a su alojamiento.

Como estaba convaleciente, de momento, no le habían asignado ningún servicio, y puso buen cuidado de no aparecer por la cantina, para evitar preguntas incómodas.

Al cuarto día, Cloelio se cruzó en los cuarteles pretorianos con su compañero Numicio, que había regresado del norte con el correo imperial.

—¡Por Júpiter Óptimo Máximo! Estás vivo, aunque con la nariz quebrada —lo saludó el veterano frumentario—. Me alegra verte.

—Y a mí, Numicio.

—Una misión dura, supongo…

—Como siempre —respondió Cloelio.

Numicio asintió con la cabeza, pues entre veteranos no se estilaba contar detalles.

—¿Has recibido nuevas órdenes? —preguntó Cloelio.

—No, solamente he entregado el correo enviado por el legado Valerio Maximiano —respondió Numicio—. Supongo que ahora toca esperar… y cobrar —añadió, sonriendo, pues ese mismo día los tribunos a cargo de las cohortes pretorianas les habían asegurado a sus guardias que el donativo ofrecido por el augusto Cómodo iba a ser bastante generoso.

Cloelio asintió.

—Un nuevo augusto siempre paga el juramento de la Guardia Pretoriana con un donativo porque…

—El honor se debe a Roma, pero un pretoriano tiene muchos gastos, y no estaría bien visto que acumulase deshonrosas deudas —terminó la broma Numicio.

Cloelio sonrió, y Numicio le palmeó la espalda, arrancándole un breve quejido de dolor.

—Lo siento, amigo —se disculpó Numicio—. ¿Vienes a la cantina a brindar por el augusto Cómodo?

—En un rato quizás; ahora voy a intentar ver al centurión Autronio.

—Como quieras.

Cloelio siguió su camino y, al llegar a la pequeña oficina situada en la antecámara de las dependencias de Autronio, el escribiente asintió con la cabeza, se levantó del asiento, llamó a la puerta del cubículo y, tras recibir la autorización, se apartó para dejar entrar al frumentario y cerrar la puerta tras él.

Al ver a su centurión, lo primero que pensó Cloelio era que había envejecido mucho: aunque nunca había sabido su edad real, Autronio aparentaba normalmente unos cuarenta años, con su espalda erguida y la mirada severa; ahora, sin embargo, el frumentario tenía ante él un hombre cuyo rostro demacrado mostraba una trama de infinitas arrugas, expresando un cansancio que se acentuaba con los hombros caídos y los ojos velados.

—Se presenta el pretoriano Marco Cloelio a informar, centurión.

—Te escucho —asintió Autronio.

Durante casi media hora, Cloelio relató todos los pormenores de su misión, sin omitir ningún hecho, aunque no hizo referencia a sus sospechas sobre la implicación del prefecto Calidio; pero sí narró con detalle la misión encomendada al traidor Fuso y como el tribuno esperaba recibir ayuda dentro de Sirmio para asesinar a los augustos Marco Aurelio y Cómodo.

Cuando acabó su informe, Cloelio permaneció en pie, inquieto, pues contra lo que solía ser habitual, Autronio, no lo había interrumpido ni una sola vez para requerir algún detalle de los acontecimientos narrados.

—Después de informarle verbalmente, iba a escribir el informe para los registros imperiales, centurión —añadió Cloelio.

La mención de un informe escrito hizo que Autronio se irguiera.

—No escribirás nada —replicó.

Ante el desconcierto de Cloelio, el centurión hizo algo desacostumbrado.

—Marco, siéntate.

Cloelio, aún más sorprendido por el uso de su nombre de pila, se sentó en un taburete frente a su centurión.

—Eres un frumentario veterano, que has desempeñado bien una misión muy difícil, como otras veces antes de esta época convulsa —comenzó a explicarse Autronio—. Por eso, no hace falta que te diga que no hay situación más peligrosa que un cambio de augusto.

Autronio meditó unos instantes y luego continuó:

—En una situación normal, informaríamos inmediatamente a nuestro prefecto Perenne, que advertiría al augusto Cómodo del peligro que corre su vida. Pero nada de lo que está sucediendo en estos días es normal, y, aunque el prefecto Perenne fue el primero en asegurar al joven augusto su fidelidad absoluta, al igual que el resto de los consejeros de su padre, resulta muy inquietante la muerte del liberto Ciriaco, acaecida al día siguiente de la muerte del divino Marco Aurelio.

Ante la confianza que le mostraba su centurión, Cloelio se atrevió a preguntar:

—¿Quién lo mató, centurión?

—Nuestro superior, el prefecto del pretorio Perenne, sin duda por indicación del augusto Cómodo —respondió Autronio—. Ciriaco ya ha sido sustituido por los libertos Cleandro y Soatero; aunque el segundo se encargará del protocolo, el primero, favorito del joven augusto y con indudables cualidades, ha mostrado en estos pocos días una ambición y codicia desmesuradas para un simple liberto.

Cloelio asintió, aunque pensaba que un liberto de la confianza del nuevo augusto no podía considerarse un «simple» sirviente.

—Todos en los cuarteles pretorianos conocemos la mala relación entre nuestros dos prefectos del pretorio, Perenne y Paterno —continuó Autronio—; Paterno es un líder probado en batalla, y Perenne el político más capaz del Gobierno imperial. Como el agua y el aceite, se repelen mutuamente. Yo desconozco, como tú, si alguno de nuestros dos prefectos pretorianos estaba implicado en la conspiración que te reveló Fuso; y, aunque no tenemos ninguna evidencia, el interrogatorio al que te sometieron el prefecto Calidio y el centurión Seyo es muy significativo, puesto que les hablaste del traidor Fuso, pero no han dado muestras de querer investigar nada, ya sea porque estaban implicados en la conspiración o porque no te creyeron; quizás incluso han pensado que sería mejor no implicarse.

—El prefecto Calidio me ordenó expresamente que os informara personalmente, centurión —añadió Cloelio, al ver que Autronio compartía sus recelos sobre Calidio y Seyo.

—No creo que signifique nada, pues es el procedimiento normal, y alguien como Calidio lo sabe —replicó Autronio—. Por otra parte, si Calidio y Seyo hubieran estado implicados, habrían procurado matarte antes de que regresaras a Sirmio, pues habrían tenido muchas oportunidades en el camino de vuelta. Si no lo han hecho, es porque no te consideran importante, ya sea porque se sienten amparados por Perenne, o porque consideran que nadie te creerá, y que yo no haré nada sin la autorización previa del prefecto pretoriano, lo cual, como ves, ha resultado cierto —agregó el centurión con una sonrisa sarcástica.

—¿Calidio y Seyo son clientes de Perenne? —preguntó Cloelio.

—Perenne apadrinó a Seyo para comisionarlo como centurión en la legión IV Flavia pese a su juventud, y la familia de Calidio ha pagado importantes sumas al prefecto para la integración de dos sobrinos en la Guardia Pretoriana —respondió Autronio.

La perspicacia de Autronio impresionó a Cloelio, que permaneció en silencio mientras el centurión meditaba, con la mirada fija en la puerta detrás del frumentario.

—Que así sea —exclamó finalmente Autronio, después de un par de minutos—. Si tu brazo ha mejorado lo suficiente, te enviaré con el correo destinado al gobernador Pértinax en Dacia, para alejarte de aquí. Ten cuidado, hay algunas bandas de sármatas roxolanos que han escapado de nuestras espadas; pero incluso los caminos orientales serán más seguros para ti que las dependencias del augusto, al menos durante un tiempo.

—Partiré mañana, centurión, si fuera necesario —respondió Cloelio, aunque el brazo aún le dolía.

Autronio sonrió ante la respuesta del frumentario.

—Eres un frumentario fiel e inteligente, Marco Cloelio. Recuerda que no debes hablar con nadie de la misión, y mucho menos del traidor Fuso ni de esa enigmática egipcia sin nombre. Si alguna vez te vieras impelido a ello, podrías señalar al centurión desertor Tucio como líder de la banda. Pero solamente si es necesario. En lo que a mí respecta, la misión fue un éxito, pues se consiguió aniquilar a una peligrosa banda de saqueadores. Nada más.

—Así lo haré, centurión; sin embargo, el cadáver de Fuso no apareció, y algunos de los consejeros de Marco Aurelio podían tener conocimiento de la relación entre el traidor Avidio Casio y la banda de saqueadores —replicó Cloelio.

—Es cierto; pero la invocación de la memoria del traidor Casio nos la comunicó personalmente el liberto Ciriaco, que ya está muerto. Y, en cuanto al traidor Fuso, nada sabemos de su destino, ni nos conviene levantar suspicacias investigando. Recuerda, nunca volveremos a hablar de la misión si no es necesario, y, si lo fuera, se describirá como una simple operación de búsqueda y destrucción de un puñado de desertores y saqueadores. Y ahora descansa lo que puedas, antes de partir mañana.

—Así lo haré, centurión —respondió Cloelio, saludando con el puño derecho apoyado contra su pecho, antes de dar media vuelta y salir de las dependencias de Autronio.

Al día siguiente, nueve días antes de las calendas de abril, el frumentario Marco Cloelio tomó el camino oriental en dirección a Potaissa, en la Dacia, y, mientras cabalgaba, daba gracias mentalmente a Júpiter Óptimo Máximo, a Mitra y a Marte por haber escapado vivo de la Señora, de Obas, de Fuso y, sobre todo, del pretorio imperial de Sirmio.

EPÍLOGO: CASTRA PRAETORIA, CUATRO DÍAS ANTES DE LAS CALENDAS DE ABRIL DEL AÑO 193 d. C.

El cielo sobre los recios muros de los cuarteles pretorianos de Roma estaba nublado y la humedad espesaba el aire frío, obligando a los pretorianos a cubrirse con sus mantos mientras permanecían de pie sobre el camino de ronda de la muralla occidental, atentos a las palabras del prefecto del pretorio Quinto Emilio Leto que, erguido en la cima de una torre junto a la puerta principal, estaba subastando el título de augusto con la connivencia de sus tribunos y centuriones.

El frumentario Marco Cloclio asistía a la impúdica venta del Gobierno de Roma, uno más entre los pretorianos desplegados en la muralla; a su alrededor, los pretorianos jaleaban a sus oficiales, anhelantes mientras el precio de la púrpura imperial subía a medida que se prolongaba la subasta.

Cloelio no participaba de las ovaciones de sus compañeros, aunque procuraba no llamar demasiado la atención por su propia seguridad, pues en los trece años transcurridos desde el ascenso al poder del augusto Cómodo las conspiraciones se habían sucedido de forma vertiginosa, y su condición de frumentario siempre despertaba recelos entre el resto de los pretorianos.

Mientras el prefecto Leto instaba a los ofertantes a subir la puja, Cloelio rememoró la sucesión de acontecimientos que habían llevado a la Guardia Pretoriana a organizar la infame subasta: al tiempo que el augusto Cómodo se entregaba a toda clase de vicios y diversiones, el Gobierno imperial había sido despóticamente ejercido por el prefecto del pretorio Perenne, que había ordenado el asesinato en diferentes represalias de Lucila y Brutia Crispina, hermana y esposa de Cómodo, y de su colega el prefecto del pretorio Paterno; la posterior ejecución del propio Perenne, a manos de un grupo de altos oficiales legionarios descontentos con sus intrigas, permitió al corrupto liberto Cleandro prevalecer sobre el resto de dignatarios imperiales mediante el soborno sistemático, hasta su caída en desgracia y ejecución al proclamarse a sí mismo prefecto del pretorio y lanzar a la caballería pretoriana contra la plebe enfurecida por la carencia de víveres; y, al final de unos años de terror y locura, el asesinato del propio augusto Cómodo, víctima de sus excesos y de su proclamada intención de ejecutar a su concubina Marcia, al prefecto del pretorio Leto, al liberto Eclecto y a una parte sustancial de los senadores supervivientes de anteriores represalias, que reaccionaron asesinando al augusto el día anterior a las calendas de enero del año 193.

Cloelio había sobrevivido con no pocos apuros a las incesantes represalias de Perenne, incluyendo el asesinato a traición del centurión Autronio, que pagó con su vida su amistad y fidelidad al malogrado prefecto del pretorio Paterno. Los continuos viajes de Cloelio y su habilidad para pasar desapercibido le habían permitido subsistir también durante la tiranía de Cleandro, pues partió en diferentes misiones a las fronteras germanas y galas, donde se sucedían las invasiones y rebeliones, alejándose de la peligrosa corte imperial en Roma; su compañero Numicio no había tenido tanta suerte, pues había desaparecido durante las revueltas britanas en esa misma época.

En medio de esta vorágine de crímenes, corrupciones y represalias, la dignidad y fidelidad de la Guardia Pretoriana había desaparecido como la sal en el agua. Y, aunque después de la muerte de Cómodo el Senado había conseguido proclamar al veterano y capacitado Publio Helvio Pértinax como nuevo augusto, la resistencia de este a ceder ante los elevados donativos exigidos por los pretorianos y la pasividad cobarde del prefecto del pretorio Leto habían provocado su asesinato, apenas tres meses después de su nombramiento por parte de los propios pretorianos que debían defenderlo.

El mismo día del asesinato de Pértinax, el prefecto del pretorio Leto había convocado a los senadores a los cuarteles pretorianos, con la promesa del apoyo de la Guardia Pretoriana para la proclamación como augusto de aquel que ofreciera un donativo más alto. Y, aunque el pueblo y la mayoría de los dignatarios habían reaccionado con indignación ante la ocurrencia, el prefecto de la ciudad Tito Flavio Claudio Sulpiciano y el rico senador Marco Didio Juliano habían acudido a la cita acompañados de sus clientes y allegados, prestándose a participar en la infame licitación.

En ese momento, el prefecto Leto se volvió hacia sus oficiales y les habló brevemente; los centuriones, con sus entrenadas voces, empezaron a proclamar al vencedor de la puja y la cuantía ofertada, lo que provocó una atronadora ovación de los pretorianos.

¡Veinticinco mil sestercios para cada uno! —exclamó uno de los pretorianos más cercanos a Cloelio—. ¡Didio Juliano ha superado la oferta de Claudio Sulpiciano!

Cloelio simuló alegrarse por la noticia, aunque realmente había sido un mazazo para su orgullo, labrado por los sacrificios afrontados en nombre de Roma durante más de veinte años, que le había dejado el cuerpo lleno de cicatrices y el corazón endurecido y cínico.

El frumentario abandonó la torre, bajó la escalera hasta el patio de armas y se retiró a su cubículo, situado en un pequeño edificio reservado a los frumentarios. Mientras caminaba, su mente regresó a su misión en Siria, cuando ejecutó al usurpador Casio, y cinco años después a la desolada y gélida Mesia, donde mató a la Señora antes de que las tropas romanas aniquilasen a la Hermandad.

«Quizás hubiera sido mejor para Roma que la Hermandad hubiera atacado Sirmio, permitiendo a los conspiradores asesinar a

Marco Aurelio y a Cómodo hace trece años; quizás el tribuno Fuso y sus cómplices habrían acertado y escogido al augusto correcto, por el bien de Roma», pensó Cloelio, y no por primera vez, pues en los últimos años algunas veces se ofuscaba con la convicción de que el honrado y capacitado augusto Marco Aurelio habría fallecido en cualquier caso por su grave enfermedad, y su hijo, infame, cruel, vicioso e incapaz, no habría ascendido a la púrpura para después abandonar el Gobierno al implacable Perenne y al corrupto Cleandro, si los conspiradores romanos y sus aliados de la Hermandad hubieran conseguido asesinarlo. Pero ese era un pasado distinto al realmente vivido, y Cloelio no tenía la capacidad de cambiarlo, pues no era un dios, sino un simple frumentario.

Mientras Cloelio se recluía en su cubículo, Claudio Sulpiciano se retiraba rápidamente acompañado de su séquito para evitar posibles represalias, mientras Didio Juliano arengaba a los pretorianos, prometiéndoles el pago inmediato del donativo y la recuperación de todos los privilegios que les había arrebatado Pértinax, al tiempo que proclamaba que su Gobierno trabajaría en todo momento por el bien de Roma.

La Isla de León, 2024.

NOTA HISTÓRICA

En el período en el que transcurre esta novela, el ejército romano estaba formado por la Guardia Pretoriana, unas treinta legiones y un número variable de unidades auxiliares, denominadas alas cuando estaban formadas solamente por jinetes, cohortes si sus componentes eran únicamente infantes y cohortes ecuestres si combinaban infantería y caballería.

La Guardia Pretoriana estaba formada por diez cohortes (*cohors*) divididas en seis centurias de ochenta infantes pretorianos cada una, y un número indeterminado de jinetes organizados en turmas, cada una con treinta jinetes pretorianos. Al frente de la Guardia se hallaban dos prefectos, un tribuno militar por cohorte, y un centurión al frente de cada centuria. Complementando a la Guardia Pretoriana, existía desde el Gobierno del emperador Marco Ulpio Trajano un cuerpo de guardias a caballo denominado *Equites Singulari Augusti*, cuya fuerza se estima en un millar de jinetes, organizados en turmas y dirigidos por un tribuno.

En la organización de las unidades palatinas, se incluye también a los frumentarios (*frumentarii*), originalmente soldados especiales con funciones de enlace y correo, aunque posteriormente a estas tareas de comunicación de órdenes se unieron otras de espionaje, policía y, sin duda, misiones especiales de asesinato o captura de objetivos señalados por los augustos, de los que recibían directamente las instrucciones. Aunque su organización no está bien definida en las fuentes clásicas, en este relato he optado por incluir al frumentario Marco Cloelio en la Guardia Pretoriana, bajo las órdenes de un centurión específico, Sexto Autronio.

Las treinta legiones identificadas durante el Gobierno del emperador Marco Aurelio constituían la espina dorsal del ejército romano, encuadrando a la infantería pesada legionaria en diez cohortes, que actuaban como unidades tácticas y administrativas. La primera cohorte de cada legión estaba formada por cinco centurias dobles, lo que suponía un total teórico de ochocientos infantes; las nueve cohortes restantes se formaban con seis centurias, es decir, cuatrocientos ochenta infantes cada una.

Sin embargo, estas son cifras teóricas: por los documentos que han sido recuperados, y comparando la situación del ejército romano con otros ejércitos de épocas posteriores, el número medio de los infantes de la cohorte ordinaria se ha estimado por algunos autores entre trescientos y trescientos sesenta legionarios; de hecho, es posible que las cohortes solamente alcanzaran un número óptimo de infantes justo al inicio de las campañas que habían sido preparadas con suficiente antelación.

Dentro de cada cohorte ordinaria, las centurias se agrupaban en manípulos, identificados por la denominación de los respectivos centuriones que las dirigían; así, cada cohorte se componía de tres manípulos, denominados *pilus*, *príncEps* y *hastatus*, y cada manípulo se formaba con dos centurias, salvo el manípulo *pilus* de la primera cohorte, que tendría una sola centuria.

Al frente de cada centuria, existía un centurión, el oficial subalterno que la dirigía. El centurión al mando de la primera centuria de la primera cohorte era el superior en rango entre todos los centuriones, el primipilo (*primus pilus*); lo seguían en grado los otros cuatro centuriones de la misma cohorte (*primi ordines*). Los restantes centuriones, en número de cincuenta y cuatro, completaban la jerarquía de oficiales subalternos ordenándose según el numeral de la cohorte a la que pertenecían y el lugar que ellos mismos ocupaban en la misma. Por lo expuesto, en este relato, el centurión Seyo es superior en rango al centurión Titurio, aunque este sea más veterano, ya que es el centurión pilus prior de la cohorte VI, superior en el orden jerárquico a la cohorte VII de Titurio, ambas pertenecientes a la legión IV Flavia.

Auxiliaban al centurión un optio, un portaestandarte (*signifer*), un ayudante del optio (*tesserarius*) y un músico (*cornicen*). El optio era el sustituto natural del centurión, tanto en combate como en las tareas administrativas; el portaestandarte era un soldado probado, que llevaba y protegía el estandarte (*signum*) de la centuria o del manípulo; el ayudante del optio estaba encargado de custodiar el santo y seña, complementando las funciones del optio, y el músico manejaba el cuerno (*cornus*), instrumento musical de viento que servía para transmitir órdenes con sus agudas notas. También existían otros músicos (*tubicines*) que utilizaban tubas para transmitir órdenes que regulaban la marcha y la vida del campamento.

Dirigiendo a todos estos guerreros, el mando superior de la legión recaía en un legado, oficial de rango senatorial al mando de una legión o de una agrupación de legiones, según las necesidades de cada campaña. Bajo su mando directo estarían también las unidades auxiliares de todo tipo adscritas a la legión.

Auxiliando al legado, existía un grupo de seis tribunos, uno de ellos de rango senatorial, denominado laticlavio (*laticlavius*), y los cinco restantes conocidos como angusticlavios (*angusticlavii*), por pertenecer a la clase ecuestre; sin atribuciones directas sobre las unidades que componían la legión, los tribunos estarían a disposición del legado, desempeñando el mando de destacamentos (*vexillationes*) o cualquier otra misión militar, diplomática o política que le fuera encomendada.

Junto a las cohortes de infantería pesada, la legión tenía un destacamento de caballería compuesto por cuatro turmas de treinta jinetes cada una; estos ciento veinte jinetes estarían dirigidos por cuatro centuriones, a diferencia de las turmas de las alas auxiliares dirigidas por decuriones, auxiliados cada uno por un optio y un portaestandarte (*vexillarius*) a cargo de la enseña (*vexillum*) de la turma; el mando superior de toda la caballería lo ostentaría el tribuno angusticlavio más joven.

En cuanto a las unidades auxiliares, la cohorte auxiliar típica era una unidad de infantería formada por seis centurias, lideradas cada una por un centurión, bajo el mando superior de un prefecto (*praefectus cohortis*); la denominación de la cohorte normalmente hacía referencia a la localización geográfica donde se habían reclutado inicialmente a sus infantes; posteriormente, algunas de estas cohortes se hicieron miliarias, aumentando el número de centurias a diez, y pasando su mando a un tribuno. En este tipo de unidad militar auxiliar, se incluirían las cohortes III de Bátavos, V Dálmata y VI Tracia.

La caballería imperial estaba formada, principalmente, por las unidades auxiliares denominadas alas (*alae*), integradas por dieciséis turmas lideradas por decuriones, bajo el mando superior de un prefecto (*praefectus alae*); en la época de este relato, algunas alas aumentaron de tamaño, denominándose miliarias e incrementando sus efectivos hasta treinta y dos turmas. Cada turma de treinta jinetes estaba liderada por un decurión, auxiliado por dos ayudantes, denominados duplicario (*duplicarius*) y sesquiplicario (*sesquiplicarius*), y por el portaestandarte (*vexillarius* o *draconarius*), soldado escogido a cargo de la enseña de la turma, que podía ser un estandarte (*vexillum*) o un dragón de tradición sármata (*draco*). Las turmas de los decuriones Rubelio y Aristarco que forman parte de este relato se integrarían en las alas I Hispana y II Gálata.

Otro tipo de unidad auxiliar era la cohorte mixta o ecuestre, formada por infantería y caballería (*cohors equitata*), sin que sea posible asegurar su composición exacta, aunque los diferentes autores opinan que sería la de una cohorte típica o miliaria, a la que se unirían algunas turmas de jinetes; la cohorte I Nórica Ecuestre se incluiría en este tipo de unidades.

Por último, completaban el despliegue del ejército romano la marina militar (*classis*), en la que destacaban oficiales, marinos e infantes de marina, y otras unidades militares auxiliares que no tenían la organización de las cohortes y alas, denominadas números (*numerus*), compuestas por guerreros no romanos y con gran diversidad en cuanto a tamaño y armamento, aunque normalmente identificadas por su origen étnico y bajo el mando directo de oficiales romanos, lo que distinguiría a estas unidades de las fuerzas de guerreros aliados liderados por sus propios jefes no romanos que colaboraron con los ejércitos romanos a lo largo de sus campañas.

LOCALIZACIONES GEOGRÁFICAS

Alejandría (*Alexandria*): Alejandría, Egipto.
Antioquía (*Antiocheia*): Antakya, Turquía.
Aquilea (*Aquileia*): Aquileia, Italia.
Carnunto (*Carnuntum*): entre Petronell y Bad Deutsch-Altenburg, Austria.
Cesarea (*Caesarea Maritima*): entre Tel Aviv y Haifa, Israel.
Pelusio (*Pelusium*): Tell el Farama, cerca de Port Said, Egipto.
Potaissa: Turdo, Rumanía.
Sais (*Sau* o *Sais*): Sa el-Hagar, Egipto.
Salona (*Salonae*): Solin, Croacia.
Seleucia Pieria (*Seleucia Pieriae*): Samandag, Turquía.
Sirmio (*Sirmium*): Sremska-Mitrovica, Serbia
Vimiciano (*Viminacium*): Kostolatz, Serbia.

La población de Ad Drina, las instalaciones de Molaris y el fundo Porcio son lugares ficticios inventados para este relato.

Esta edición se terminó
de imprimir
en España
en junio de 2024

Made in the USA
Monee, IL
13 September 2026

62988804R00090